Alfaguara es un sello editorial del Grupo Santillana

www. alfaguara.com

Argentina
Av. Leandro N. Alem, 720
C 1001 AAP Buenos Aires
Tel. (54 114) 119 50 00
Fax (54 114) 912 74 40

Bolivia
Avda. Arce, 2333
La Paz
Tel. (591 2) 44 11 22
Fax (591 2) 44 22 08

Chile
Dr. Aníbal Ariztía, 1444
Providencia
Santiago de Chile
Tel. (56 2) 384 30 00
Fax (56 2) 384 30 60

Colombia
Calle 80, 10-23
Bogotá
Tel. (57 1) 635 12 00
Fax (57 1) 236 93 82

Costa Rica
La Uruca
Del Edificio de Aviación Civil 200 m al
Oeste
San José de Costa Rica
Tel. (506) 220 42 42 y 220 47 70
Fax (506) 220 13 20

Ecuador
Avda. Eloy Alfaro, 33-3470 y Avda. 6 de
Diciembre
Quito
Tel. (593 2) 244 66 56 y 244 21 54
Fax (593 2) 244 87 91

El Salvador
Siemens, 51
Zona Industrial Santa Elena
Antiguo Cuscatlan - La Libertad
Tel. (503) 2 505 89 y 2 289 89 20
Fax (503) 2 278 60 66

España
Torrelaguna, 60
28043 Madrid
Tel. (34 91) 744 90 60
Fax (34 91) 744 92 24

Estados Unidos
2105 N.W. 86th Avenue
Doral, F.L. 33122
Tel. (1 305) 591 95 22 y 591 22 32
Fax (1 305) 591 91 45

Guatemala
7ª Avda. 11-11
Zona 9
Guatemala C.A.
Tel. (502) 24 29 43 00

Fax (502) 24 29 43 43
Honduras
Colonia Tepeyac Contigua a Banco
Cuscatlan
Boulevard Juan Pablo, frente al Templo
Adventista 7º Día, Casa 1626
Tegucigalpa
Tel. (504) 239 98 84

México
Avda. Universidad, 767
Colonia del Valle
03100 México D.F.
Tel. (52 5) 554 20 75 30
Fax (52 5) 556 01 10 67

Panamá
Avda. Juan Pablo II, nº15. Apartado Postal
863199, zona 7. Urbanización Industrial
La Locería - Ciudad de Panamá
Tel. (507) 260 09 45

Paraguay
Avda. Venezuela, 276,
entre Mariscal López y España
Asunción
Tel./fax (595 21) 213 294 y 214 983

Perú
Avda. Primavera 2160
Surco
Lima 33
Tel. (51 1) 313 4000
Fax. (51 1) 313 4001

Puerto Rico
Avda. Roosevelt, 1506
Guaynabo 00968
Puerto Rico
Tel. (1 787) 781 98 00
Fax (1 787) 782 61 49

República Dominicana
Juan Sánchez Ramírez, 9
Gazcue
Santo Domingo R.D.
Tel. (1809) 682 13 82 y 221 08 70
Fax (1809) 689 10 22

Uruguay
Constitución, 1889
11800 Montevideo
Tel. (598 2) 402 73 42 y 402 72 71
Fax (598 2) 401 51 86

Venezuela
Avda. Rómulo Gallegos
Edificio Zulia, 1º - Sector Monte Cristo
Boleita Norte
Caracas
Tel. (58 212) 235 30 33
Fax (58 212) 239 10 51

El Fantasista

ALFAGUARA

© 2006, Hernán Rivera Letelier
c/o Guillermo Schavelzon & Asoc., Agencia Literaria
info@schavelzon.com
© De esta edición:
2006, Aguilar Chilena de Ediciones S.A.
Dr. Aníbal Ariztía, 1444
Providencia, Santiago de Chile
Tel. (56 2) 384 30 00
Fax (56 2) 384 30 60

ISBN: 956-239-457-3
Inscripción N° 155.763
Impreso en Chile - Printed in Chile
Primera edición: julio 2006

Diseño:
Proyecto de Enric Satué

Portada:
Ricardo Alarcón Klaussen sobre *La pichanga* de Manuel Ossandón.

Hernán Rivera Letelier

El Fantasista

A Oscar Báez, por mantenernos vivo
el recuerdo de Coya Sur.

I

Fue un lunes de octubre cuando aparecieron caminando por en medio de la calle desierta. Era la hora de la siesta en la pampa. En el aire no corría un carajo de viento y un sol de sacrificio fundía los ánimos de todo lo que respirara sobre la faz de la tierra. El hombre y la mujer avanzaban silenciosos bajo la incandescencia del cielo.

Él venía delante, y ella, dos pasos atrás; ella cargaba una pequeña maleta de madera con esquinas de metal, y él traía una pelota de fútbol bajo el brazo, blanca y con cascos de bizcochos (de entradita supimos que era una de esas profesionales).

Los quedamos mirando sorprendidos.

El hombre vestía una camisa tropical, un pantalón demasiado ancho para su talla y zapatillas de lona, y llevaba la pelota igual que los arqueros en los desfiles de inauguración de campeonato. Aunque demostraba tener unos cuarenta años, y parecía cojear levemente de no se sabía cuál de sus piernas arqueadas, caminaba con la actitud y la pachorra de un *crack*. Además, cosa extraña para nosotros, llevaba un cintillo en la frente. Detrás suyo, delgada y pequeña, mucho más joven que él, su melena roja ardiendo bajo el sol, la mujer lo seguía con una mansedumbre de animal doméstico. Él traía el rostro bañado en sudor, ella no transpiraba una sola gota.

—Esos dos parecen empampados —dijo alguien entre nosotros, tal vez el Cocata Martínez, que trabajaba en la fábrica de hielo y paletas de helado.

La calle Balmaceda, por donde entraron, era la calle del comercio y la entrada principal del campamento (Coya Sur tenía sólo seis calles, y las seis de tierra). Pero ellos no aparecieron por el lado de la pulpería, que era por donde se llegaba desde las demás salitreras, sino por el lado de la Biblioteca Pública. Y eso significaba una sola cosa: que la pareja de aparecidos venía caminando, a pleno sol, desde la mismísima carretera Panamericana, distante unos cuantos kilómetros hacia el oriente.

El hombre y la mujer cruzaban frente a la cancha de rayuela cuando fueron envueltos por un intempestivo remolino de arena; uno de esos remolinos gigantescos que aparecían bramando por cualquier lado, haciendo batir con estrépito puertas y ventanas, desparramando la basura de los techos y ovillando el ecuménico hastío de la tarde pampina.

Ellos sólo atinaron a detenerse y cerrar los ojos: la mujer afirmándose las polleras sin soltar la maleta; el hombre con la pelota bajo el brazo, las piernas abiertas en compás y la cabeza gacha, lo mismo que un futbolista recibiendo instrucciones para ingresar a la cancha, o como el hermano Zacarías Ángel orando en la calle antes de largarse a predicar el advenimiento de la segunda venida de Cristo.

Cuando el remolino terminó de pasar y se perdió por el lado del Rancho Huachipato (donde segundos antes los cuatro electricistas del campamento, como cuatro ánimas de mediodía, acababan de entrar, sigilosamente, en fila india), el hombre y la mujer abrieron los ojos, escupieron arenilla, se sacudieron un poco la ropa y siguieron su camino. En realidad parecían no ir a ninguna parte. Media cuadra más adelante, atraídos tal vez por el bolero de José Feliciano que bostezaba el wurlitzer —y que amelcochaba aún más la canícula de la siesta—, se detuvieron ante las puertas de la pastelería Ibacache, justo enfrente de nosotros. Ahí se dejaron caer descoyuntados, adosando sus espaldas a las tibias calaminas del frontis. Aunque hasta ese momento no habían cruzado una sola palabra entre ellos, la mujer, que no dejaba de mascar chicle y hacer globitos rosados, daba la impresión de ser mucho más silenciosa y desvalida que él. En su actitud había un aire casi de penitencia.

Nosotros nos hallábamos sombreando bajo el alero de cañas del Rancho Grande, capeando el calor con los helados que nos había traído el Cocata Martínez y comentando las incidencias del partido del día anterior (los Cometierra de nuevo nos habían ganado). Y, por supuesto, conjeturando, calculando y prediciendo qué cresta iría a pasar el próximo domingo en el partido de vuelta. Lo único claro para todos era que ese día teníamos que ganar como fuera, aunque en ello dejáramos la vida. Y es que se trataba de nuestro último encuentro como local, la última vez en la vida que jugaríamos en nuestro reducto. En definitiva, para nosotros este representaba el último partido de fútbol antes del fin del mundo.

Sentados en la vereda, tras descansar un rato, los recién llegados comenzaron a ejecutar un extraño rito. Mientras él se desvestía y se quedaba en pantalones de fútbol —verdes y demasiado anchos también para su cuerpo—, ella tomó la pequeña maleta, la acomodó en su falda y, con la prolijidad y la unción de estar presidiendo una ceremonia litúrgica, comenzó a extraer algunos objetos que fue ordenando metódicamente en el suelo.

Sacó primero un par de zapatos de fútbol; luego, un par de medias enrolladas; después, unas vendas sucias y amarillentas; una muslera, y, por último, una cajita de salicilato.

Sin darse cuenta, o importándole un zuncho la presencia de los primeros niños que observaban curiosos, el hombre se tendió de espaldas en el suelo —ahora con la pelota de almohada—, para que ella, luego de untar sus manos con salicilato, comenzara a masajearle las piernas, primero con suavidad y luego de manera enérgica. Después procedió a vendarle cada uno de los pies, le puso las medias a rayas verdes y blancas, le colocó la muslera en la pierna izquierda, y, antes de calzarle y abrocharle los botines, de esos con estoperoles (en la pampa sólo usábamos con puentes), aunque se veían como recién lustrados, les sacó brillo con el ruedo de su falda gitana.

Cuando el hombre se puso de pie y se quitó la camisa con palmeras y soles anaranjados, vimos que debajo llevaba una camiseta del Green Cross, el equipo profesional.

Mientras los niños miraban atónitos y maliciosos cómo él comenzaba a ejecutar algunas elongaciones más bien suaves, la mujer sacó de la maleta una cajita de Ambrosoli, de esas de lata, con un papel pegado que decía «contribuciones». Luego extrajo un seboso pliego de cartulina doblada en cuatro, con fotos y recortes de prensa pegados con chinches, que desplegó y extendió en la vereda junto a la caja.

Preparada la escenografía, el hombre se acomodó el cintillo, se estiró las medias y se ordenó la camiseta dentro del pantalón. A continuación se apartó con la pelota hacia el centro de la calle. El sol le cayó encima amarillo y espeso como un derrame de aceite caliente.

Después del remolino, el aire había vuelto a quedar vaciado de viento y lo único fresco que se veía era la sombra huidiza de unos jotes planeando en círculos contra la pavorosa luz del cielo.

Parado en la calle, el hombre apretó la pelota como verificando la cantidad exacta de aire, miró hacia el cielo —tal vez no creyendo que el sol quemara tanto—, se persignó con la liviana gravedad de los futbolistas (mientras lo hacía, la sombra de un jote lo cruzó por encima), lanzó la pelota hacia arriba, la amortiguó con la cabeza al mejor estilo de Pelé, y comenzó a hacer sus increíbles malabares de futbolista de circo.

Nosotros nos quedamos pasmados.

Hasta ese momento, los que nos hallábamos a la sombra del Rancho Grande, los primeros en verlos llegar, habíamos seguido cada uno de sus movimientos con una especie de curiosidad distendida, relajada, sin siquiera cambiar de posición en la larga banca de madera que nos servía de sesteadero. Ni cuando arreció el remolino nos movimos de nuestro sitio (para nosotros, los remolinos eran pan de cada día), sólo habíamos cambiado de tema para comentar sus fachas de titiriteros y hacer presunciones sobre quién sería, de dónde vendría y a qué crestas se dedicaría ese par de pájaros nunca antes vistos por estos pagos. Pero cuando el hombre comenzó la demostración de sus habilidades con la pelota, nos levantamos de un salto y fuimos a engrosar el ruedo de gente boquiabierta que ya se había formado a su alrededor.

Con las manos encogidas a la manera de las grullas —pose característica de los jugadores técnicos— y la mirada brillante de los fanáticos, el hombre exhibía su maravilloso dominio de la pelota tocándola con sensibilidad de artista, «con la suavidad y delicadeza con que se acaricia a la novia de infancia», como solían decir en la radio los más líricos relatores deportivos. «¡Con la suavidad y delicadeza con que se toca un bubón en las ingles!», repetiría en los días siguientes nuestro Cachimoco Farfán, el loco que a la orilla de la cancha, con un tarro de leche aportillado a guisa de micrófono, relataba los partidos domingueros y alegraba las fragorosas pichangas de las tardes pampinas.

El hombre era un virtuoso de la pelota.

La tocaba diestramente con ambos pies, con la cabeza, con los hombros, con el pecho, con las rodillas; en un gesto técnico exquisito le daba de taco, de empeine, de revés; se la llevaba a la cabeza, la dejaba quieta en la frente, se acuclillaba con ella, se la pasaba a la nuca, se tiraba de bruces al suelo; en un movimiento de cuncuna la hacía bajar por la espalda, la volvía a la nuca con un corcoveo cortito y después se incorporaba equilibrándola en la frente como si se tratara de una paloma dormida. «¡Como si fuera una redonda hernia necrosada!», diría luego Cachimoco Farfán que, por haberse chalado mientras estudiaba medicina, mezclaba términos deportivos con nomenclatura médica. Y todo ese malabarismo asombroso, el hombre lo ejecutaba con el garbo y la elegancia de un actor consumado, sin que la pelota se le cayera o se alejara siquiera un poquito de la órbita de su cuerpo. «¡Como si este papilomatoso la tuviera amarrada con una pitita, queridos radioescuchas, o como si fuera una pelota viva, amables pacientes, una pelota amaestrada, enseñada, hipnotizada!».

Al terminar su número, bañada la cara en sudor (ahí entendimos que su cintillo araucano era para que no le escurriera a los ojos), el hombre, bufando como un toro cansado, se puso la pelota bajo el brazo y se dobló aceitosamente en una reverencia que repitió con gran histrionismo hacia los cuatro puntos cardinales. La mujer, que hasta entonces había permanecido todo el tiempo viéndolo con una mirada ausente, haciendo unos globos de chicle que resultaban tan sonámbulos como ella, se paró a enjugarle el rostro con el pañuelo de seda que llevaba al cuello.

Nosotros aprovechamos ese momento para acercarnos a ver las fotos de la cartulina y leer con avidez qué cosa decían los recortes de diarios.

En verdad, los reportajes no decían mucho. El tenor de todos era casi idéntico. El hombre, al que denominaban «Fantasista del balón», se llamaba Expedito González; era oriundo de la ciudad de Temuco, había asistido de invitado a un par de programas de televisión, y ahora andaba de gira por el norte del país «haciendo las delicias de la gente con sus extraordinarias habilidades». Algunos recortes, ya orinados por el tiempo, pertenecían a diarios de la capital y otros a las ciudades y pueblos recorridos. De la media docena de fotos, dos fueron las que nos impactaron y terminaron de convencer de que el cristiano que teníamos frente a nosotros era un profesional del fútbol. Una en donde salía cabeceando la pelota en la pista de ceniza del Estadio Nacional, repleto de gente, y otra en que aparecía posando en cuclillas en medio de Chamaco Valdés y Carlitos Caszely. Nada más y nada menos.

Y fue el Pata Pata, el cojo encargado del Sindicato de Obreros, el que de pronto dijo lo que todos nosotros estábamos pensando: que ese casposo —así trataba él a todo el mundo— nos había caído por la chimenea; que con él jugando de centro *forward* el domingo próximo le podríamos sacar la cresta a los Cometierra.

Por su parte, don Celestino Rojas, nuestro pechoño y vitalicio presidente de la Asociación de Fútbol, caído en piadoso arrobamiento, musitó, casi rezando, que el Fantasista de la pelota blanca era propiamente nuestro salvador, algo así como un enviado de Dios.

—Este hombre es el Mesías —dijo.

A los cabrones de María Elena les decimos los Cometierra porque allá están instalados los molinos que trituran el caliche y, por consiguiente, están condenados a respirar y tragar, día y noche, una nociva nube de polvo que como una densa neblina sucia se cierne sobre las casas y las cosas. Como desquite, porque en nuestros territorios tenemos el cementerio —donde ellos también vienen a enterrar sus finados—, a nosotros nos llaman los Comemuertos. Y la rivalidad entre Cometierras y Comemuertos, paisanito, es legendaria en la pampa. Lo ha sido desde siempre, desde que María Elena (alias «María Polvillo») se llamaba Coya Norte, nombre que uno de sus administradores gringos, en un póstumo acto de amor y consagración, le cambió en honor a su esposa, Mary Helen, muerta en un trágico accidente en la flor de su vida. Aquí habría que decir al tiro —porque no lo vamos a negar de ninguna manera— que María Elena es más importante que Coya Sur en casi todos los aspectos, tanto así que el domicilio de los peces gordos de la compañía se encuentra en su área, como en su área también funcionan las oficinas de servicio público, y la escuela secundaria, y el banco, y la casa parroquial. Y, para envidia de nuestros niños, los pocos circos capitalinos que una vez al año, huyendo de las lluvias sureñas, se vienen de gira por estas sequedades, por supuesto que es en sus terrenos donde levantan sus carpas de colores e instalan sus jaulas de animales amaestrados. Allá también llegan —y esto es lo que más nos acabrona, paisanito lindo— las más pintadas y perfumadas putas que vienen a ejercer a la pampa desde los puertos cercanos. Sin embargo, y pese a todo, nosotros contamos con el orgullo legítimo de decir que Coya Sur es el más hermoso campamento de la pampa y sus alrededores. Ese es nuestro más orondo engreimiento. En ninguna otra oficina salitrera, por ejemplo, tienen un reloj como el de nuestra pulpería, con esa cúpula de estilo árabe que recuerda los cuentos de Simbad el marino, y trae a la imaginación lugares de nombres tan exóticos como

Estambul o Bagdad, lejanas ciudades maravillosas que sólo vemos en el cine, en esas películas de alfombras voladoras y lámparas mágicas. Pero lo que más nos gusta y enorgullece de este reloj —que fue importado desde la mismísima Inglaterra por allá por el mil novecientos once— es que fue adquirido por suscripción popular. O sea, para que la cosa vaya quedando clara desde ya, hay que decir que nuestro reloj fue comprado y pagado con dinero de los propios bolsillos de los coyinos. Sí señor. Aunque en este campamento todo es más pequeño —tenemos una pequeña biblioteca, una pequeña parroquia, un pequeño cine—, nos damos en cambio el lujo, inapreciable en un desierto tan estéril como este, de tener nada menos que dos plazas: la Plaza Cuadrada, de los juegos infantiles (con una tortuga gigante en cuyo caparazón centenario los niños se montan felices de la vida), y la sombreada Plaza Redonda, cuyo quiosco de las retretas, rodeado de pimientos y algarrobos —únicos árboles que se dan en la zona—, constituye el lugar ideal para los enamorados de todas las tendencias, edades y pelajes. Además, aquí está también la fábrica de hielo y paletas de helado, única en todo el Cantón Central, y que abastece a cada una de las oficinas circundantes. De modo que el que quiera tocar hielo en estos «desiertos calcinados», como dicen los poetas, no tiene más remedio que venir a Coya Sur. Como aquí también debe acudir la gente que quiere pasarlo bien durante los días de fiesta que marca el calendario. Es que en la pista de nuestro Rancho Grande es donde se hacen los mejores bailongos de toda la comarca pampina. Y no porque lo digamos nosotros, caramba, sino que lo acredita el hecho indesmentible de que cada fin de año, aniversario patrio o primero de mayo, una cantidad inmensa de pampinos de las otras salitreras se viene con familia y todo a holgar y parrandear en nuestros predios. Y, para que usted se vaya enterando mejor de cómo están las cosas por aquí, le vamos a decir que hasta esas mismas fiestas han terminado por constituir motivo de rencillas entre ambos territorios. Es que a través del tiempo esta rivalidad se ha ido acrecentando de tal forma, que ya no sólo abarca lo concerniente al deporte —fútbol, básquetbol, rayuela, box, dominó—, sino cualquier actividad que signifique competencia y trofeos, como festivales de canto, desfiles cívicos o concursos de reina de la primavera. Esto a nivel laboral, escolar, social y sindical. Pero hay más todavía, paisanito, porque le vamos a decir que ahora último los ímpetus competitivos entre ambos poblados han surgido incluso en cuestiones tan personales e íntimas como pueden ser los asuntos amorosos. Y ahí la animadversión bordea casi el homicidio. Es que las contiendas que se arman, tanto en María Elena como en nuestro campamento, a causa de las flechas envenenadas de Cupido son pan de cada día. Cuando por allá sorprenden a uno de nuestros Romeos cortejando a alguna Julieta elenina, es golpeado sin misericordia y correteado a pedradas por la pampa. En desquite, y como desagravio a tales ofensas, cuando en nuestros territorios cazamos in fraganti a uno de sus donceles tratando de enamorar a una ninfa coyina, el pobre desdichado no corre mejor suerte. Y eso, lejos de amilanar los ímpetus y la fogosidad de los enamorados, les acicatea la libido hasta lo suicida. Tanto así que los coléricos de nuestro campamento se pasan la vida compitiendo para ver quién conoce y conquista más niñas cuando van de visita a María Elena. En esto el que lleva la batuta es por supuesto el Choche Maravilla, rey indiscutible entre los que se las dan de rubio con las muchachas. Dicen y comentan las mujeres que el Choche Maravilla es de esos Casanovas que saben hablarles al paladar, y que sería capaz de enamorar a una barreta si ésta, perfumada y con faldas, se asoma a una puerta. Esto entre los más jóvenes, porque entre los galanes de la «primera adulta» el que se lleva las palmas es un famoso hombrecito apodado «El Conde», un tipo más bien feo y contrahecho que, junto con ser el árbitro más severo de Coya Sur, tiene fama de ser el mejor dotado entre los machos solteros. Un toro de lidia que además ostenta el récord inalcanzable para cualquier cristiano común y silvestre de haber hecho parir a cuatro hembras eleninas —dos solteras, una viuda y una casada—, y a la vuelta de un solo año. Pero es, en el fútbol, no cabe duda, donde la rivalidad llega a límites escandalosos. Ahí no hay tregua que valga. Son muy pocos los partidos, por no decir ninguno, que no terminan en verdaderas batallas campales. Cuando la batahola no se genera en el campo de juego, hace explosión en las tribunas, o estalla después en las famosas fiestas de recibimiento que se acostumbran a hacer para agasajar al equipo visitante. Ahí, en mitad de la velada, entre brindis de camaradería, discursos de buena crianza e intercambio de diplomas y galvanos recordatorios, comienza de pronto, casi de manera inocente se diría, la competencia de voces y cantos de una mesa a otra, de una delegación a otra. Y en un dos por tres queda la zafacoca. Todo empieza cuando alguien de las visitas hace sonar la copa con una cucharilla y pide silencio, por favor, porque a pedido de sus compañeros «voy a entonar una canción dedicada con mucho respeto y agradecimiento a los anfitriones, por su gran cortesía y hospitalidad». Enseguida, no más de terminada la canción, desde el otro sector del local se pone de pie un representante de los dueños de casa y «este tema se lo dedico a las visitas, por todo el pundonor y caballerosidad que han demostrado dentro y fuera de la cancha». Si un delegado de los afuerinos se manda un bolero de Lucho Barrios, de esos para cortarse las venas a lo largo, el representante de los dueños de casa, para no ser menos, le responde con una sabrosona cumbia del colombiano Luisín Landaes. Si los de allá se mandan a cantar una ranchera, de esas bien gritadas, los de acá se despachan con la última de Paul Anka, en inglés y con coro. Todo esto entre una algazara de zapateos, aplausos y vivas a los cantores por parte de sus respectivas representaciones, a esas alturas ya inquietantemente achispadas. Es en estas verdaderas competencias musicales, ganchito, que nosotros tenemos el orgullo de decir que nunca han podido ganarnos. Y es la purita verdad. Porque sucede que los coyinos siempre hemos contado con las mejores voces de la zona, los más conspicuos intérpretes del canto popular, como el Washington Miranda, por ejemplo, el peinetón vocalista de The Gold White, el único conjunto musical electrónico de Coya Sur. También tenemos al ine-

fable Torito Cantor, un fornido maestro mecánico de mostachos negros y voz de tenor, que cuando se lanza a interpretar *Violetas imperiales* hace
estremecer las paredes de calaminas del campamento entero. Además contamos con el famoso
Juan Charrasqueado, el más bullicioso vecino de
la calle O'Higgins, que a santo del más peregrino
motivo arma fiesta en su casa, invita a todo el que
pase frente a la puerta y se larga a guitarrear y a
cantar sus llorados corridos mexicanos a cualquier
hora del día o de la noche. Y para rematar tenemos al California, «el último romántico del mundo», como le gusta presentarse a él mismo; un
cantor de fondas y cantinas que, con su imperece-
dero terno blanco y su melena de gitano flamenco,
interpreta sus temas melódicos acompañándose
con los cubiertos de la mesa y haciendo la mímica
de los grandes cantantes de moda. Sin embargo, y
pese a todo lo dicho, una cosa sí hay que recono-
cer hidalgamente: las estadísticas de triunfos y derrotas futboleras hace rato que nos dan la contra.
Uno de los motivos es claro: como la oficina de
contratación está en María Elena, ellos buscan, escogen y registran en sus planillas a los mejores deportistas que caen por la zona. O se las arreglan en
forma descarada para conseguir el traslado, con
mayor sueldo y mejores regalías, a cualquier trabajador de otro campamento, hombre o mujer, que
sobresalga en algún deporte o actividad artística. A
todo esto, claro, hay que sumar el agravante de
que nuestros jugadores, como dice don Agapito
Sánchez, el entrenador de nuestra selección, son
niños más bien relajados y dados a la jarana (aunque él no es ningún ejemplo digno de imitar, cla-

ro). Pero no le falta razón a don Agapito, porque los de ahora no se parecen en nada a los bizarros jugadores de antes, que esos sí que eran verdaderos deportistas, caramba. Estos bribones de ahora entrenan tarde, mal y nunca; los sábados se van de malón, y los domingos, los siete u ocho que se presentan a jugar por sus respectivos clubes, llegan directo del fandango a la cancha, trasnochados y borrachos como taguas. Si es cosa de ver nomás el lastimoso espectáculo que dan en los descansos componiendo el cuerpo con jarradas de vino con harina, o con esos ajiacos que sus mismas mujeres, cariñosas y mal acostumbradoras como son, les llevan a los mismos camarines. Además, para qué vamos a decir una cosa por otra, la mayoría de los jugadores son unos picados de la araña, unos crápulas exageradamente dados al merequetengue carnal. Como el Choche Maravilla, por ejemplo, que tiene por cábala la promiscua y muy debilitante costumbre de mandarse dos polvos al hilo la noche antes de cualquier partido, todo porque la primera vez que lo hizo, al día siguiente se mandó dos goles espectaculares. De modo, amigo mío, que el resultado del encuentro de ayer con los Cometierra, de ninguna manera fue una novedad. «Jugamos como nunca y perdimos como siempre», como acotó ácidamente el paco Concha, arquero suplente de la selección, que entró en los últimos diez minutos de juego. Y es que además de ganarnos a última hora con un gol del Pata de Diablo (el hijo de puta siempre nos hace goles de pelotas muertas), un gol que al paco se le coló por entre las piernas (le hicieron «el Papanicolau», como dice Cachimoco Farfán cuando a alguien le pasan la pelota por entre las piernas), los cabrones le pegaron al árbitro y lesionaron a dos de los nuestros: le molieron una rodilla al Chambeco Cortés, nuestro máximo artillero, y casi mataron de un caballazo a Tarzán Tirado, el arquero titular. A éste hubo que llevarlo al hospital, en donde le diagnosticaron dos costillas fracturadas, lo enyesaron de la cintura para arriba y lo dejaron hospitalizado con reposo absoluto. Más encima, hasta nos dieron barraca con las canciones, pues el único cantor que pudo acompañarnos fue Washington Miranda. Torito Cantor llevaba cuatro días aquejado de un raro ataque de hipo que ni siquiera lo dejaba ensayar la escala musical de corrido; a Juan Charrasqueado fue imposible sacarlo del Rancho Huachipato, donde se hallaba parapetado con media docena de amigotes tras una mesa abarrotada de botellas de vino; y el California, nuestra mejor carta de triunfo, andaba de vacaciones en la ciudad de Antofagasta. Y como corolario, al finalizar la despedida, tras el clásico intercambio de diplomas, discursos y abrazos, por puro y perverso gusto, estos «conchas de sus ganglios linfáticos», como dice Cachimoco Farfán, nos hicieron cagar a pedradas las ventanillas del Galgo Azul, la única góndola que tenemos para transportarnos a las otras oficinas, ¿qué le parece, paisita?

Todo eso le contamos a Expedito González, hablando a borbotones y casi atragantándonos de puro ansiosos. Se lo contamos sentados en una mesa del Rancho Huachipato, adonde los llevamos a almorzar, a él y a la Colorina, para ver si podíamos convencerlo de que se quedara en el campamento hasta el domingo.

En realidad, más que invitarlos, prácticamente los arrastramos hasta allí. Y es que al terminar su exhibición, mientras la mujer guardaba todo en la maleta con suma delicadeza, como si de verdad fueran los objetos de una liturgia sagrada, él, tras contar las monedas recolectadas en la cajita de Ambrosoli, encendió un cigarrillo y, sin dejar de dar resoplidos de toro, preguntó cuál era el poblado más cercano hacia el norte. Que ellos tenían que seguir su camino de inmediato. Y sin esperar respuesta, con el cigarrillo humeando en la boca, masculló que este pueblito había resultado ser tan chico y sus habitantes tan poco desprendidos, que sólo daba para una presentación.

Su voz nos sonó extrañamente ronca.

Cuando alguien le dijo que lo más cercano era la oficina María Elena, ahí, a sólo siete kilómetros de distancia, a nosotros se nos fue la sangre a los talones y nos dijimos, apabullados, que ni locos, que ni cagando debíamos dejar que ese genio de la pelota cayera en manos de los Cometierra. De alguna manera había que retenerlo, hacer que se quedara en el campamento. Aunque fuera a la fuerza. Entonces fue el Pata Pata quien de nuevo abrió la jeta para decir que esos dos casposos de seguro no habían comido en todo el día, que estarían por morderse los codos de hambre, y que, por lo pronto, lo que teníamos que hacer era invitarlos a almorzar. «Después vemos qué más se nos ocurre», dijo.

Instalados en el Huachipato —a esas horas desierto si no fuera por los cuatro electricistas que bebían abstraídos y silenciosos en la mesa más oscura del fondo—, mientras observábamos a nuestros invitados devorar sus olorosas cazuelas de vacuno enverdecidas de cilantro, y darle el bajo a los proletarios porotos con ají color de los días lunes, tratamos de convencerlos de que, por lo menos, se quedaran hasta el jueves, día de suple. Que aquí la gente, como en todas las oficinas de la pampa, vivía la semana completa de fiado, pero que en día de plata era muy desprendida y generosa. Ya verían ellos cómo la cajita se les atosigaba de monedas. Mientras cada uno de nosotros se atropellaba por hablar y hacerse oír por sobre los otros, el Fantasista de la pelota blanca, comiendo y bebiendo a la vez, con la servilleta puesta de babero, no hacía sino clavarnos su mirada de orate como si no entendiera un carajo o le importara un pito lo que decíamos. Lo más que hacía era responder con melancólicos monosílabos acompañados de la palabra «parientito», apelativo con que trataba a sus prójimos: sí, parientito; no, parientito; tal vez, parientitos. En tanto ella, masticando como las lauchitas, sin levantar la vista del plato, se veía más interesada en la letra de la canción mexicana que emergía de los parlantes que en otra cosa.

Entre las personas que esa tarde acompañábamos a la pareja estaba el entrenador de nuestro seleccionado, don Agapito Sánchez, que trabajaba de dependiente en la sección tienda de la pulpería; el Pata Pata, encargado del sindicato y «consejero de la selección de fútbol», como se autodenominaba pomposamente; don Celestino Rojas, presidente de la Asociación Deportiva y, para muchos, la mufa del equipo, cuya mayor gracia era ser el padre de una de las niñas más lindas de la pampa (de la que el

Tuny Robledo, nuestro más joven centro *forward*, era su eterno enamorado); don Silvestre Pareto, cuidador de las plazas, encargado de la cancha y envenenador de perros; Juanito Caballero, utilero de la selección, cuya principal característica —además de una caballerosidad que honraba su apellido— era su estrambótico peinado: penosamente trataba de cubrir su calvicie llevando sus pocos pelos desde el aladar izquierdo hacia el casco de su cráneo, dibujando con ellos unos extraños arabescos fijados con laca; el Choche Maravilla, obrero mecánico, quien se las arreglaba de cualquier manera para pasar la mayor parte del año tirado a la bartola con licencia médica; el Viejo Tiroyo, un anciano licencioso que vivía en el pasaje de los solteros y cuya única gracia, según él mismo confesaba, era ser «un putero fino»; y a última hora, cómo no, se pegó a la comitiva el loco Cachimoco Farfán. «¡Así que los mucomembranosos, hijos de la gran pústula maligna, se querían ir a tomar solos», llegó despotricando con su salivosa voz de locutor esquizofrénico.

Cuando nuestros invitados saboreaban sus grandes vasos de huesillos con mote, el más tradicional de los postres pampinos, nosotros terminamos de contar —dirigiéndonos nada más a él, pues ella parecía estar sola en la mesa y en el mundo— todo nuestro drama futbolístico. Narración que don Celestino Rojas finiquitó diciendo, de la manera más educada y convincente posible, que lo que nosotros por último pretendíamos, «y perdone usted la confianza, amigo Expedito», era solicitarle, con mucho respeto, que barajara la posibilidad de quedarse en el campamento hasta el próximo domingo y jugar por nuestra selección.

«Con un genio como usted vistiendo nuestra camiseta», remachó don Celestino Rojas, «estamos seguros de matar el chuncho y ganarle de una buena vez a nuestros rivales de toda la vida».

Como hasta la hora de la agüita de yerbas todavía no veíamos ninguna reacción favorable por parte del hombre, echamos mano entonces, como último recurso, al inmenso drama social y humano que se nos avecinaba.

Teníamos que apelar a sus sentimientos, no nos quedaba otra.

Y para eso, aparte de pedir unas buenas botellas de vino del «Sonrisa de León», pusimos a hablar a los más lenguaraces del lote, esos que parecían saber más que las culebras y eran capaces de sacar agua de las mismas piedras; los mismos que acostumbraban a discutirle a la jefatura y a tomar la palabra en las más calientes asambleas sindicales (esto antes del golpe militar, claro, porque después las reuniones se transformaron en meramente informativas, y nadie se atrevía a pedir la palabra, ni siquiera para preguntar la hora).

Estos próceres, manejando el verbo y la emoción con un histrionismo digno de los más conspicuos políticos antiguos —de esos radicales, bomberos y masones—, con palabras disparadas directo al corazón, le dijeron con voz quebrada, sollozando casi, que mirara a su alrededor el compañero Expedito, que mirara, por favor, la muy distinguida dama, que esas mesas que veían en torno a ellos, tan ordenaditas y pulcras, con sus floreritos de botellas y sus manteles de hule estampado, que esa música mexicana tan sentida que se escuchaba en el tocadiscos dándole ambiente al local, que este mismo acogedor local en donde ahora estaban comiendo y departiendo de tan amigable manera, tal vez en pocos días ya no estarían más, no existirían más, se habrían desvanecido en la nada. Incluso, este mismo «pueblito», como usted, compañero, llama a nuestro querido campamento, quizás en menos tiempo de lo que nosotros mismos nos imaginamos, iba a desaparecer del mapa, iba a desaparecer con sus plazas, con su biógrafo, con su torre de reloj, con su parroquia y con todas esas casas que, aunque construidas de palo y calaminas aportilladas, sus moradores, hombres y mujeres de lucha, habían sabido impregnarles calor y dignidad de hogar. Que la compañía, pese a todos los esfuerzos desplegados por los nuevos dirigentes, había decidido —para ahorrar costos, según reclamaban sus abogados vestidos de negro y con cara de pájaros carroñeros— eliminar el campamento y llevar a sus trabajadores a vivir a otra salitrera. Lo más trágico del asunto, paisanito, era que ni siquiera pensaban dejarlo en pie, como uno más de esos centenares de caseríos fantasmas desperdigados a través del desierto, sino que lo iban a desarmar, lo iban a desmantelar, y las calaminas y los palos de sus casas los iban a vender como chatarra. Eso para los coyinos resultaba particular y doblemente doloroso, porque aquí todos éramos amigos de todos; el campamento era tan pequeño, sus seis calles tan cortas y compactas, que nos conocíamos uno al otro casi de memoria. Cada uno de nosotros sabía de los sueños y esperanzas de su vecino, de sus triunfos y derrotas, de sus vicios y virtudes. Más todavía, compañero Expedito, pues encima de conocernos de años, con el tiempo nuestras familias se habían ido entramando hasta terminar siendo todos familiares de todos. El campamento entero no era sino una sola y gran familia. Si no éramos padres, hijos, hermanos, sobrinos o primos, estábamos emparentados como yernos, nueras, cuñados, concuñados, suegros, compadres o padrinos.

—¡O, por último, como hermanos de leche! —acotó sarcástico el Choche Maravilla.

Pero el artista de la pelota nos seguía mirando como si fuésemos de otro planeta. Impertérrito, con su cintillo araucano, que no se sacaba para nada, parecía un indio tallado en piedra caliza.

En verdad, costó ese primer día hacer hablar al piruetista. El hombre cantaba menos que una almeja, como se dice por ahí. Era tan parco en palabras, que en un instante el Viejo Tiroyo se le acercó al Pata Pata para decirle al oído:

—Este cabrón es tan silencioso, cumpita, cuesta tanto sacarle una palabra, que en vez de Expedito González debería llamarse Elpedito Nosale.

Sin embargo, tras haber dado de baja unos cuantos botellones de vino —que, junto con la comida de los invitados, fiamos «hasta el jueves, sin falta, señora Emilia, usted sabe»—, y cuando ya anochecía en el cielo de la pampa, al hombrón por fin se le aflojó un poco la lengua.

Que, en realidad, parientitos, dijo, íbamos a tener que disculparlos un poco, pero ellos iban en dirección a Tocopilla. Y más o menos apurados. De modo que era difícil que se quedaran con nosotros una semana entera. Además, la parientita quería partir cuanto antes, pues estos calores la andaban trayendo con unos bochornos muy raros.

Que justamente por eso se bajaron del camión de acoplado en que venían desde Chañaral. Pues llegó un momento en que ella, desesperada, no aguantó más la canícula de la cabina y quiso lanzarse del vehículo en marcha. Todo eso ocurrió justo enfrente de un desvío de tierra que llegaba hasta este campamento. Y para terminar de rematarla, dijo, en Copiapó les habían robado la mochila en la que llevaban la ropa de ambos.

—Andamos con lo puro puesto —terminó diciendo.

En esos momentos la Colorina, que oía todo en silencio —o sólo oía la música de los parlantes—, se sacó el chicle que se había pegado detrás de la oreja, se lo metió de nuevo a la boca y, sin pedir permiso ni nada, se paró para ir al baño. La mujer, que nosotros calculamos tendría unos veinticinco años, poseía un rostro anguloso y agraciado, pero como velado por una expresión ida. En medio de una constelación de pecas, y casi cubierto por su crespa melena roja, sus pequeños ojos verdes parecían brillar a media luz. «Como dos ampolletitas de bajo voltaje», metaforizó don Celestino Rojas, que además de presidir la Asociación de Fútbol, y ser el diácono de la parroquia, tenía aspiraciones literarias. Todos los años, para la fiesta de la primavera, participaba en el concurso de canto a la reina; aunque jamás había sido galardonado. Admirador del movimiento futurista, sus metáforas y comparaciones tenían que ver todas con elementos de la industria, las máquinas y las fábricas. «Por eso no ganas», le había dicho su mujer en el último concurso. «A ti nomás se te ocurre comparar a la reina con la locomotora Diesel número 22».

Mientras la pelirroja volvía, Expedito González nos informó que la parientita sufría de amnesia, que no recordaba ni su nombre y no tenía ningún documento. La había encontrado hacía un par de meses vagando en un pueblo del sur, y luego de invitarla a cenar no se le despegó más de la pretina. La única pista con que contaban para descubrir su identidad, era que en sus sueños ella repetía siempre «Tocopilla». Por eso creían que en ese puerto podían hallar la clave; incluso encontrarse con algún familiar.

—Lo que pasa es que queremos casarnos —dijo—. Y sin papeles no se puede.

Mientras el hombre hablaba, el Viejo Tiroyo se acercó a don Agapito Sánchez y le dijo por lo bajo que a él le tincaba haber visto a esa pájara antes, en alguna parte.

Al final de la jornada, el Fantasista cedió un poco. Dijo que por lo bien que los habíamos tratado, se quedarían en el campamento un par de días. Ahora mismo no podía decirnos si hasta el domingo. Ya se vería más adelante. Eso iba a depender de cómo se sintiera la parientita.

—Pero, por sobre todo —dijo, y se echó hacia atrás en la silla y exhaló el humo de su cigarrillo con gran pompa—, va a depender de cómo se porte la gente con las contribuciones.

Aquella noche la pareja durmió sobre la mesa de billar en el salón del Sindicato de Obreros.

¡Buenos días, señoras y señores; buenos días,
amables oyentes; pacientes todos, muy buenos días. Les
habla como siempre su amigo Cachimoco Farfán, el
más rápido relator deportivo de Coya Sur, el más rá-
pido relator de la pampa salitrera, fenilanina hidro-
lasa y la purga que me parió, el más rápido relator
del mundo después del maestro Darío Verdugo, por
supuesto que sí, aquí estoy con ustedes, temprano por
la mañana en este domingo esquizofrénico de sol, ca-
taléptico de sol, aquí estoy, señora, señor, colorado,
acalorado, sudando un mierdoso sudor espeso como
medicamento, aquí estoy como siempre con mi leal
herramienta de trabajo (este micrófono que unos ca-
rrilanos otopiorrentos me habían escondido ayer por
la noche en el Rancho Huachipato), aquí estoy, seño-
ras y señores, con las mismas ganas de siempre para
llevar hasta ustedes los pormenores previos de lo que
será esta memorable justa deportiva, el último parti-
do jugado en nuestros dominios, el último partido
que nuestra querida selección blanco-amarillo juga-
rá como local, el último partido antes del fin del
mundo para nosotros, por eso me encuentro aquí, en
plena pampa rasa, bajo este sol albino, jumentoso de
calor, vestido con este traje negro, este traje de muer-
to que demuestra todo mi duelo y mi congoja en este
día tan especial para los coyinos, aquí me encuentro,
a la orilla de nuestra querida cancha, nuestra glorio-

sa cancha llena de tantos recuerdos lindos, de tantas alegrías inolvidables, de tantas penas también, por qué no decirlo, aquí estoy, aún solitario, acompañado sólo por las sombras de unos jotes que han comenzado a planear chancrosamente en el cielo, como anunciando la muerte, como presagiando el abandono y la desolación que caerá sobre este terreno de juego en donde estoy transmitiendo ahora para ustedes, completamente solo, como les digo, si no fuera por la sombra de esas aves agoreras y por la figura raquítica del hombrecito rayador de la cancha que en estos momentos acaba de llegar; sí, señora; sí, señor; sí, queridos radioescuchas, ahí ya vemos al anciano, ahí ya lo vemos encorvado como un campesino sacando papas en el desierto, con su destartalada carretilla de mano cargada de salitre, nuestro preciado oro blanco con que va remarcando las líneas; sí, amables pacientes, aquí ya está el nunca bien ponderado don Silvestre Pareto, que además de ser un buen rayador de canchas, es también, según las lenguas viperinas, el más implacable envenenador de perros al servicio del departamento de Bienestar; según estas lenguas gangrenosas, don Silvestre Pareto, con sus albóndigas envenenadas, ha exterminado más perros que judíos mataron los nazis allá por las Alemanias, ha matado más quiltros que cristianos mató la peste negra allá por las edades medias; pero en el fondo es buena gente este anciano, este hombrecito callado y eficiente como un estafilococo, siempre servicial, siempre atildado, siempre al pie del cañón, como ahora, en que al igual que todos los domingos del año, ya se encuentra trabajando en su «chacrita», como llama él a nuestro reducto deportivo (recordando tal vez los campos de sus sures natales), ahí está rayando y amononando la

*cancha en donde, según dice llorando y moqueando
cada vez que se emborracha, quisiera ser enterrado el
día que entregue la herramienta, el día que cague
pistola, el día que se pruebe el terno de madera, el
día que la santa de su mujercita —como lo joroban
los borrachos en los ranchos— termine envenenán-
dolo como a un perro con sus propias albóndigas de
estricnina servidas de almuerzo; sí, señora; sí señor,
ahí está nuestro buen amigo Silvestre Pareto, bajo este sol purulento, comenzando a remarcar el círculo
central con el pulso digno de un cirujano marcando
la panza de una parturienta para proceder a una ce-
sárea, ahí está trazando al puro ojo esa redondela cuyo centro es exactamente el lugar en donde este viejo
otopiorrento quisiera que sepultaran sus congofílicos
restos mortales, fenilanina hidrolasa y la purga que
lo parió!*

II

Las pulperías, además de ser el centro comercial más importante de las salitreras —y a veces el único—, constituían, junto al cine, el corazón social de las oficinas. Y era historia escrita que en ellas se llevaron a cabo, a principios de siglo, las primeras reuniones y conversaciones que luego derivaron en los aguerridos movimientos de emancipación de la mujer chilena.

Del mismo modo era de conocimiento popular que si alguien quería enterarse de algo, ya fuera de carácter social, o laboral, o personal incluso —en casa de quién había llegado visita, qué obrero estaba listo para ascender a empleado, qué niña en edad de merecer andaba en apuros por atraso de su período, o quién era el «patas negras» que visitaba a su santa mujer mientras él hacía turno de noche—, no tenía más que ir hasta las dependencias de la pulpería y parar un poco la oreja. Por supuesto, la de Coya Sur no era ninguna excepción a la regla.

De tal manera que esa mañana de martes, el tema principal en nuestra pulpería no podía ser otro que «el artista de la pelota blanca» y la «mosquita muerta» que lo acompañaba.

En las cajas, en los mostradores, en el rebullicio de las apretadas filas del pan, de la carne y del abarrote, el público femenino se liaba en agitadas discusiones sobre el futbolero malabarista que además de parecerse al negrito Garrincha, en las piernas torcidas y el modo patizambo de caminar, tenía un aire de semental que daba urticaria. «¡O dime que no te fijaste, niña, por Dios, el tremendo bulto que se le notaba bajo el pantalón de fútbol!».

Y que la niñita cabeza de cobre que lo acompañaba, decían atragantándose y mordiéndose la lengua las matronas, debía de tener mucho aguante para resistir los embates de un macho tan bien dotado como ése. «Aunque, la verdad, vecinita linda, no le debía costar mucho, pues se notaba a la legua que no era de los trigos muy limpios».

«Con las de pelo colorado, cuidado, decía mi abuela».

Qué le iban a venir a contar cosas a ella, se le oía decir en medio de la bullaranga a la mujer del Pata Pata, que vivía en el mismo Sindicato de Obreros donde se albergó a la pareja, si ella misma, con sus propias dos orejitas, había oído quejarse toda la santa noche a la Colorina pervertida. «Para mí que el malabarista le dio como bombo en fiesta hasta el amanecer».

Marilina, la bella hija quinceañera del presidente de la Asociación de Fútbol, en el último puesto de la fila del pan, tratando de hacerse la desentendida, oía todo con una fascinada expresión de asombro. Presa del terror, le decía a su amiga Marietta que se fijara un poco lo buenas para el conventilleo que eran estas señoras, que asimismo irían a hablar de ella si un día se entregaba al Tuny Robledo y le tocara la mala suerte de quedar embarazada. Porque aunque él, de puro tímido que era, todavía no se animaba a pedirle la prueba de amor, ella estaba dispuesta a todo. Y él lo sabía perfectamente.

—¿Tu padre todavía no sabe que andas con él? —le preguntó intrigada su amiga.

No, aún no lo sabía. Y mejor que ni lo supiera, porque su padre siempre estaba diciendo que ella era muy niña para andar pensando en esas cosas. No la dejaba salir sola a ninguna parte. De modo que las pocas veces que se veían era a escondidas. Pero ya faltaba poco para el primero de noviembre, fecha en que su padre viajaría a Antofagasta.

—Ese será el día decisivo —dijo.

Marietta Piccoli, confidente de sus tormentosas penas juveniles, le dijo, con sus ojos redondamente maravillados, que si acaso sería capaz de entregar su virginidad así como así, de un día para otro.

Cuando Marilina le estaba diciendo que sí, amiga mía, que era lo único con que soñaba todas las noches, sintió que alguien le tocaba el hombro por atrás. Era la Loca Maluenda, la famosa mujer de Tarzán Tirado. Con acento desfachatado, la mujerota le pidió que le hiciera el favor, cabrita linda, de cuidarle el lado en la fila mientras iba a comprar las otras cosas para el almuerzo, que tenía que ir al hospital de María Elena a ver a su esposo, que el Galgo Azul estaba por salir y que ella estaba más atrasada que la cresta. Marilina sólo atinó a asentir con la cabeza. Le tenía recelo a esa mujer. Era la más lenguaraz de todas. La más impúdica. Su descaro era tal que muchas veces la había visto llegar a la pulpería enfundada nada más que en su descolorida bata de levantarse.

Mientras la Loca Maluenda iba de una fila a otra encargando lado y haciendo las compras, no dejaba de aleonar a las mujeres para que asistieran al partido del domingo. Había que desquitarse de esos hijos de mala madre a como diera lugar. Tenían que pagar caro lo que le hicieron a su marido. Además de ganarles hay que pegarles, reclamaba. Que ojalá el maromero de la pelota se quedara a jugar por el equipo, ya que, según los hombres, con él en la cancha era seguro que goleábamos a esos maricones Cometierra. «Ya lo van a ver, les vamos a ganar y los vamos a fletar», vociferaba sin ninguna clase de remilgos. Sólo era cosa que los jugadores hicieran lo suyo en la cancha, que ya se iban a asegurar ellas, las mujeres de la barra, de partirles el hocico al término del partido.

La Loca Maluenda, una de las mujeres más bravas del campamento y líder indiscutible de la barra femenina, era de las que acompañaba al equipo en todos sus desafíos, ya fuera en casa o de visita. Sus proezas en las canchas pampinas eran legendarias. Todavía se hablaba de aquella vez cuando en un encuentro con la selección de Ricaventura entró al campo de juego —en el mismísimo reducto de los ricaventurinos— y le partió la cabeza con el taco de su zapato al *wing* derecho de los dueños de casa, cuando éste, en un foul más grande que un camión, lesionó gravemente a Tarzán Tirado. Enfurecida como loca de manicomio, de pasadita agarró a zapatazos al árbitro por no haber expulsado al agresor, y a dos carabineros que en la trifulca, por querer sacarla del campo de juego, le pasaron a agarrar sus descomunales pechos. «¡A mí las tetas me las toca mi puro marido, pacos gorreados!», gritaba furibunda, mientras repartía zapatazos a diestra y siniestra. «A mí, mi puro marido», era una frase con que la Loca Maluenda acostumbraba a pavonearse en público, pese a que todo el campamento podía dar testimonio fidedigno de las desvergonzadas y periódicas quemadas de espinazo que le hacía a nuestro pobrecito guardavallas.

Como los carabineros del campamento habían sufrido en carne propia las furias de la mujer, en los partidos de la competencia local se andaban con cuidado con ella. La Loca Maluenda, con sus ajustadas faldas a media pierna, batiendo sus escolares plumeritos de papel, y entonando cánticos y gritos de guerra —y jorobando a todo el mundo con la infantil costumbre de celebrar los goles lanzando puñados de tierra al aire—, era la que más gritaba y saltaba en los partidos de nuestro paupérrimo campeonato oficial, competencia que contaba apenas con cinco clubes y dos divisiones —primera y segunda—, pero que cada domingo congregaba sagradamente a medio campamento en torno a la cancha.

Nuestro campeonato oficial de fútbol era pobre pero honrado. Aunque en lo que fallaba siempre era en el asunto de los arbitrajes. Los jueces designados para los partidos casi nunca aparecían, y siempre estaba la jodienda para los capitanes de los equipos de tener que salir a buscar uno entre la gente de las tribunas. De los guardalíneas ni hablar, eso era un lujo impensable para nosotros. Sin embargo, en esos impajaritables «terceros tiempos» que se jugaban después en las mesas de los ranchos, los árbitros, los guardalíneas y hasta la plana completa de directivos de los clubes aparecían como por arte de birlibirloque. No había necesidad de salir a buscarlos a ninguna parte.

En estos regados terceros tiempos las cachañas y los goles jamás fallaban y todos, cual más cual menos, llevaban a cabo las más brillantes hazañas deportivas que se pudiera uno imaginar. Y tal como en la cancha se les guardaba el puesto a los más buenos para la pelota, en desmedro de los malitos que siempre llegaban a la hora —a veces estábamos listos para jugar, paisita, pero aparecía la estrella del equipo y nos hacían salir de la cancha sin asco—, allí se les reservaba también el mejor lado de la mesa a estos bolseros del carajo que al final terminaban tomando más que todos y nunca pagaban un peso.

Además, siempre se nos colaba el loco Cachimoco Farfán.

Con su inseparable micrófono de tarro, y una salivita espumosa desbordándole la comisura de los labios, se paseaba entre las mesas entrevistando a jugadores, árbitro y cuerpo técnico. O, a pedido de la audiencia, se encaramaba sobre el mesón y se ponía a repetir de memoria el relato de los goles y las jugadas más importantes del partido. Cuando se emborrachaba, y alguien lo hacía enojar, estallaba en una serie de insultos tan estrafalarios que algunos lo jorobaban precisamente para oírselos proferir:

«¡Cara de tumor epitelial maligno con metaplasma cartilaginosa!», «¡hijo de la gran purga intestinal!», «¡concha de tus ganglios linfáticos!», «¡fenilanina hidrolasa y la purga que lo parió!», eran algunos de sus favoritos.

A veces, con una cerveza en la mano, se quedaba un rato pensativo y luego, mirando al vacío, como si estuviera dando un examen oral, recitaba cosas tales como: «Oncocito: célula epitelial con un citoplasma acidofílico granular y un gran número de mitocondrias propensas a transformarse en células neoplásicas».

A la mayoría de nosotros estas lunáticas monsergas de policlínico ya no nos causaban mayor asombro. Pero aquellos que lo oían por primera vez se quedaban con la boca abierta, para luego comentar estupefactos que cómo crestas no iría a terminar loco este pobrecito cristiano con las cabronadas raras que tenía que memorizar.

Sin embargo, el que se deleitaba sobremanera con esas súbitas declamaciones de enciclopedia médica era al Tuny Robledo, reconocido por todos como el intelectual del equipo. Aunque habría que decir que él muy pocas veces nos acompañaba a los ranchos. Prefería, luego de los partidos, ir a la Biblioteca Pública, o a pararse afuera de la pastelería Ibacache, por si veía pasar de compras a la hija de don Celestino. En las raras ocasiones que iba con nosotros, aparte de beber nada más que refrescos, terminaba enfrascado en la misma discusión de siempre con sus compañeros de equipo. Tomándose la cabeza con ambas manos, se lamentaba teatralmente que cómo cresta los duros de mollera no podían entender algo tan básico: «que de haber convertido ese gol que me farreé al comienzo del partido, tal vez no hubiésemos ganado tres a cero como ustedes dicen, y ni siquiera dos por cero como ganamos al final, sino que incluso podríamos haber perdido dos a uno. O cuatro a dos. O haber empatado a once. O qué mierda sé yo. Hasta podría haber sucedido que el encuentro se suspendiera por el aterrizaje de un platillo volador en el círculo central de la cancha. Porque de haber metido ese gol al primer minuto de juego —¡cómo no lo van a entender los guarisapos de vino barato!—, el entramado del partido habría variado completamente».

«Y no sólo el entramado del partido», terminaba preconizándoles con el índice en ristre, «sino que hasta habría variado el mismísimo curso de los astros en el universo».

En esta parte, lanzándole corchos y calas de botellas, y tapándolo con toda clase de pullas, lo mandábamos a repartirle panfletos a los pacos, que en aquel tiempo de dictadura era lo mismo que mandarlo a la mierda, o mandarlo a la punta del cerro a ver si los jotes tomaban el sol en traje de baño.

Ocurría que en nuestro campamento aquellos primeros tiempos del régimen militar los vivíamos como algo más bien nebuloso, amorfo. Aunque no teníamos a los soldados patrullando las calles con sus metralletas, como sucedía en las ciudades grandes, sentíamos en cambio la sensación asfixiante de ser vigilados día y noche, como si estuviéramos viviendo en una cárcel abierta. Por los días del golpe tampoco hubo mayor drama, comparado con otras salitreras en donde se fusiló, se torturó y se hizo desaparecer gente. Aquí le apretaron un poco las clavijas a cuatro o cinco trabajadores «conflictivos», de esos que hablaban fuerte en el sindicato, y, aparte de los disparos de amedrentamiento que los cuatro carabineros de la dotación efectuaban después del toque de queda, la vida siguió su curso casi normal.

Pero era ese *casi* lo que nos perturbaba, era ese *casi* lo que sentíamos como un alambre de púas cercando la redondela del horizonte, lo que presentíamos como la mira de un fusil apuntándonos a la nuca, siempre a la nuca, estuviera uno vuelto para el lado que estuviera.

Cuando a media mañana nos apersonamos por el sindicato a saludar a la pareja, notamos al Fantasista de no muy buen talante. Visiblemente preocupado, luego de agradecer con un gruñido el paquete de ropa usada que con mucho cariño y buena voluntad les recolectamos entre todos —para él, un par de pantalones, tres calzoncillos y dos camisas de cotelé; para ella, un vestido de tafetán, dos sostenes rosados y una chalequina de lana tejida a moños—, dijo que la parientita no se sentía bien de salud. Había pasado la noche en vela, y él creía que no iba a resistir hasta el domingo. «Ustedes viven en una verdadera caldera», dijo en tono de regaño.

Como nosotros teníamos que echar mano a todos los recursos para retenerlo, le ofrecimos llevar a la mujer al policlínico. Que tal vez, le dijimos con gravedad doctoral, no era por el calor que sufría los bochornos, y lo mejor era que la examinara el practicante de turno. Si se diagnosticaba que la cosa era más seria, le prometimos hacerla ver por el doctor que cada martes y viernes venía de María Elena a visitar a los enfermos más graves del campamento.

—¿Qué tal si los sofocos son por otra cosa, amigo mío, y resulta que viene un encarguito de París? —se aventuró a conjeturar en un tono sentimentalón don Celestino Rojas.

Expedito González se lo quedó mirando como se miraría a un idiota tratando de explicar la teoría de la relatividad. Pero no dijo nada. Sólo cambió de tema y expresó que tenía otro motivo de queja. Esta queja, que a nosotros nos pareció más pose de artista que otra cosa, era porque al despertar esa mañana en el salón sindical se dio cuenta de que no habían cerrado la puerta de la calle.

—Me parece sumamente peligroso haber dormido toda la noche con la puerta abierta —dijo, abriendo y blanqueando aún más sus ojos desorbitados.

Nosotros tuvimos que explicarle, como debíamos hacerlo con cada forastero que nos visitaba, el hecho, para ellos inaudito, de que aquí era común —como en todas las oficinas salitreras— que la gente se olvidara de cerrar las puertas por la noche y se fuera a dormir sin más trámite. Esto por la confianza de hermanos que nos teníamos todos, y porque la delincuencia era una hierba que no se daba por estos pagos.

—Ya usted se dará cuenta de que aquí la gente vive y muere con las puertas abiertas y el corazón ídem —le dijo orgulloso Juanito Caballero, el utilero de la selección.

El Sindicato de Obreros se alzaba justo en medio de la corrida del comercio. Su salón principal contaba con mesa de billar, mesa de pingpong y varias mesitas para juegos de manos. Esa mañana, en el pizarrón para citar a la asamblea y dar a conocer notas del sindicato, amaneció una invitación ajena a los asuntos laborales. Con tiza amarilla y blanca, los colores oficiales de Coya

Sur, se invitaba a todo el mundo, para el domingo 2 de noviembre, a alentar al equipo de la selección en «el último partido que se llevará a efecto en nuestra querida cancha». El letrero, escrito con la letra despatarrada del Pata Pata, pero redactado a medias con don Celestino Rojas, terminaba con una educada expresión típica del presidente de la Asociación Deportiva: «¡Hay que hacerles morder el polvo de la derrota a los señores Cometierra!».

Después de almuerzo, luego de repetir junto a la Colorina todo el ceremonial del día anterior, Expedito González se instaló a ejecutar su acto de exhibicionismo, ahora frente al mismo local del sindicato. Y esta vez, porque ya todo el campamento sabía de su presencia, logró reunir a mucha más gente. En verdad, el hombre hacía prodigios con su pelota blanca. Los preciosismos del Tuny Robledo, del Lauchita Castillo o del Pe Uno Gallardo, los jugadores más técnicos que teníamos en el equipo, eran juegos de niños de pecho comparados con sus malabares.

Cachimoco Farfán se apareció ese día por el sindicato y, para deleite del público, se dedicó a relatar efusivamente los pormenores de la función. Esto pese a la cara de pocos amigos del Fantasista, que no denotaba ninguna simpatía por el protagonismo que tomaba el loco del tarro en su acto personal. Se notaba a la legua que algunos términos del relator no le agradaban en absoluto, sobre todo cuando lo llamaba «coprolito negro». «¡Electroencefalogramáticas las maravillas, señoras y señores, pacientes míos, que este coprolito negro puede ejecutar con la de cuero! ¡Fenilanina hidrolasa y la purga que lo parió!».

Aunque al final del acto las monedas reunidas fueron casi el doble que las del día anterior, esto no mejoró ni un tris el ánimo de la pareja. De ninguna manera sumaba lo que ellos esperaban y estaban acostumbrados a recolectar, según se quejaron más tarde, mientras esperábamos al doctor sentados en un escaño de la Plaza Redonda, frente al políclinico. Como por la mañana el facultativo no llegó, el Flaco Lucho, uno de los practicantes del campamento, había cumplido con darle un par de aspirinas y ponerle una inyección en la nalga, tratamiento que daba con afabilidad a todos los pacientes sin importar su dolencia, en especial si eran mujeres jóvenes.

Pero esa tarde el doctor tampoco llegó a hacer su visita, cuestión que se repetía con más frecuencia de la que nosotros hubiésemos querido. Y ya no había caso hasta el próximo viernes. Entonces, buscando mantener entretenida a la pareja, los invitamos a conocer la cancha de fútbol, en las afueras del campamento. Así aprovecharían de presenciar una pichanga pampina, les dijimos, una de esas famosas pichangas que se armaban después de las cinco de la tarde, cuando los obreros salían del trabajo.

Fue ahí que oímos hablar por primera vez a la Colorina. Sin dejar de masticar su chicle rosado, dijo que la perdonáramos un poco, pero ella prefería quedarse en el sindicato.

—Si es que a ti no te molesta, claro —dijo, mirando de reojo al Fantasista.

—Si usted quiere quedarse, quédese —dijo él.

—Es que me quiere dar de nuevo el bochorno —ronroneó ella.

Aparte del hecho anecdótico de que la Colorina lo tuteara y él la tratara de usted (siendo mucho mayor que ella), en ese instante nos dimos cuenta de dos cosas irrebatibles: que Expedito González estaba enamorado hasta las mismas cachas, y que la mujer era dueña de un tono de voz sensualísimo, tornasolado de matices.

Todos nos quedamos sorprendidos. En especial el Choche Maravilla, que no le quitaba el ojo de encima. «¿Se fijaron, paisanitos?», repetía después, a cada rato, relamiéndose los bigotes de lascivia. «Habla como las putas de las películas francesas».

Cuando partimos a la cancha, el cabrón del Choche Maravilla se las ingenió para disculparse y desligarse del grupo. Y se quedó en el campamento. Dijo que iría al salón del sindicato a jugar un tablero de damas con Gambetita. Que tenían un desafío pactado hacía más de una semana y que ya era hora de cumplirlo.

Gambetita era un anciano pequeño, de pies deformes, cuyos botines ortopédicos apuntaban ambos hacia adentro, de modo que para andar debía pasarlos uno por encima del otro, todo lo contrario a como caminaba Charles Chaplin en las películas. El lisiado oficiaba de zapatero remendón y cosedor de pelotas de fútbol, pero su fama y gloria estribaban en que era el indiscutido campeón del juego de damas del sindicato. Su peculiaridad consistía en que durante todo el transcurso del juego no dejaba de musitar una monótona e intraducible cantinela —especie de mantra personal— con que sacaba de sus casillas a los adversarios.

Sentado en una piedra a la orilla de la cancha, Expedito González se maravilló de la descomunal trifulca que constituía la pichanga, con más de cuarenta viejos por lado.

Ahí, en esa colosal majamama de patadas, encontrones y caballazos eran muy pocos los que se veían jugando con zapatos de fútbol; la mayoría lo hacía con calamorros de seguridad industrial —de esos con punta de fierro— o con alpargatas de cáñamo, y no pocos de esos salvajes corrían a pata pelada por esa abrupta carpeta calichosa que era el terreno de juego.

Fue precisamente ese desguarnecido campo a pampa traviesa lo que más impresionó a nuestro hombre, esa cancha en donde el viento y un tierral espantoso hacían imposible cualquier pase «al callo» o jugada bien urdida, y en la que «si alguien se cae, parientito, me imagino cómo debe quedar de rasmillado el pobre cristiano».

Enternecido con la gritería y la camorra de los mil demonios que armaban los viejos corriendo como desaforados de un lado para otro, el Fantasista dijo que le parecía que algunos de ellos corrían sólo por correr, sin la más mínima esperanza de llegar a tocar alguna vez la pelota, ni siquiera de casualidad. Nosotros le dijimos, socarrones, que tenía razón, que había algunos viejos que en los ranchos se quejaban de llevar catorce pichangas al hilo echando los bofes detrás del balón sin haber logrado siquiera darle un puntete de rebote.

Como el hombre estaba visiblemente emocionado ante esa tracalada de animales vociferando y corriendo sin ton ni son a lo largo y ancho de la cancha —una especie de ternura filial empañaba sus ojos de orate—, aprovechamos de machacarle de nuevo la invitación a que se quedara al partido del domingo.

Apuntando a la cancha, le dijimos que se diera cuenta un poco por qué queríamos que jugara por nosotros; que los Cometierra, además de quedarse con los mejores deportistas que llegaban a la pampa, se daban el lujo de tener un estadio con todas las comodidades reglamentarias: cerrado, con luz artificial, galerías techadas, caseta de control y camarines con duchas. Mientras nosotros teníamos que conformarnos con este peladero infernal en cuyos pringosos camarines de latas no había baños ni agua potable, de modo que además de traer el agua en botellas para tomar en los entretiempos, teníamos que irnos a la casa todos cochinos. Y como él estaba comprobando con sus propios ojos, la tribuna era tan pequeña —tres graderías de no más de diez metros de largo— que la mayor parte de los espectadores debía conformarse cada domingo con ver los partidos parados a la orilla de la cancha. En un claro tono de sarcasmo, le dijimos que el mayor confort que ostentaba nuestro campo de juego, «para que usted vea cómo están las cosas, amigo Expedito», nos lo había proporcionado la madre naturaleza con ese crispado algarrobo que creció detrás de los camarines, a cuya exigua sombra nos tendíamos en los entretiempos, muertos de cansancio y deshidratados completamente por los cuarenta y seis grados de temperatura con que a veces se jugaban los partidos.

Y para terminar de congraciarnos con el hombre, arrejuntamos algunas piedras grandes y nos sentamos en torno a él y le contamos un par de las más pintorescas bataholas armadas en los partidos con los Cometierra, partidos que terminaban siempre —aquí o allá— con las visitas correteadas a peñascazo limpio por los siete kilómetros de pampa traviesa que separaban un campamento del otro.

Como aquel partido amistoso jugado en su estadio, en el que nos iban ganando tres a cero, y a los cuarenta minutos del segundo tiempo se cobró un penal a favor nuestro, y los grandísimos hijos de puta, negándose a que siquiera hiciéramos el gol del honor, pincharon la pelota, que era de nosotros, con el mismo clavo de cuatro pulgadas con que su *back* centro había repartido puncetazos en los glúteos durante todo el partido (el tipo sólo se desquitaba de un encuentro anterior, en donde uno de los nuestros entró a la cancha con una bolsita de azufre y en un córner en que éste se adelantó a cabecear, le echó un puñado en los ojos que lo tuvo media hora a un costado de la cancha echándose agüita). Y luego de pinchar nuestro balón, por supuesto que escondieron el suyo, y como no había otro en el estadio, el árbitro se vio forzado a dar por terminado el *match*. Al final, para completar la infamia, terminaron como siempre correteándonos a pedradas por la pampa.

De más está decir que en el partido de vuelta nos desquitamos como Dios manda. Faltando pocos minutos para el final, cuando apenas nos iban ganando uno a cero (siempre nos ganaban por goleada), en un contragolpe mortal, el centro *forward* de ellos se pasó a dos defensas y dejó tirado en el camino a Tarzán Tirado, que le salió a cortar fuera del área grande, y cuando ya enfilaba solo contra el arco desguarnecido, apareció Marcianito, el niño más malo de la pampa, quien, instruido por el Pata Pata, le tiró su monopatín de palo por las canillas, tomó la pelota y salió con ella hecho una bala hacia el campamento. Como el balón les pertenecía, toda la gente de María Elena echó a correr detrás del crío. «Si ustedes vieran, amables escuchas, pacientes míos», vociferaba entusiasmado Cachimoco Farfán a la orilla de la cancha. «Si ustedes vieran cómo la oncena de jugadores y la barra en patota, y hasta los mismísimos dirigentes, con sus sebosos ternitos negros y sus corbatitas rojas, van corriendo como espermatozoides en pos del óvulo fecundador, si ustedes vieran cómo estos piogénicos van echando los bofes detrás de ese pobre angelito».

Pero los perseguidores nada pudieron hacer cuando Marcianito llegó hasta las primeras casas de la calle 18 de Septiembre, y se trepó por los techos que se conocía de memoria (acostumbrado como estaba a gatear por las noches mirando mujeres desnudas por los portillos de las calaminas), y se perdió por los callejones del otro lado.

La pelota de nosotros, por supuesto que se hizo humo y el partido tuvo que suspenderse. Acto seguido, y para no perder tan sana costumbre, procedimos a correarlos olímpicamente por los desmontes de la pampa, hasta las lindes mismas de sus casas.

En un momento, mientras le contábamos todo esto al hombrón, la pelota de los pichangueros fue despejada de un violento puntete hacia un costado y, llevada por el viento, se perdió en los desniveles de la pampa. Como el jugador que fue en su busca se demoraba en hallarla, alguien desde la cancha le gritó a Expedito González:

—¡Presta la tuya mientras tanto, viejito!

El Fantasista hizo un gesto negativo con la mano y refunfuñó por lo bajo:

—Ni que estuviera loco, parientito.

Luego, a modo de excusa, nos dijo que la esférica blanca era su herramienta de trabajo, que por lo mismo no la prestaba por nada del mundo a nadie. «Es como si fuera mi amante», dijo. Y acariciándola casi venéreamente nos explicó que conocía sus costuras, sus peladuras y sus treinta y dos cascos mejor que las propias líneas de sus manos. Como para ratificar esa relación casi obscena con su pelota, se puso a contarnos de cómo llegó a convertirse en fantasista.

A la edad de cinco años había comenzado a ensayar sus primeros malabarismos con una pelota de trapo, en uno de los barrios más pobres de Temuco. Después pasó a una de plástico (de color verde) que halló abandonada a orillas de una acequia, cerca de su casa. Luego, al cumplir seis años, en una de sus últimas Navidades junto a su padre, éste le regaló una de goma, de esas con estrellitas. Y que fue ya de grande, en la primera exhibición de su talento en el estadio de Temuco, que los jugadores del club le donaron su primera pelota de fútbol, usada y toda descosida, claro, pero una pelota de verdad. Y profesional. Esa pelota la había hecho durar años cosiéndola, lubricándole las costuras con grasa de animal y parchándola no sabía cuántas veces. Hasta que un buen día, justo cuando la pobre ya no daba más de vieja, y se le asomaban las tetillas del blas por todas partes, lo invitaron a su primer programa de televisión, en donde le regalaron esta esférica blanca, flamante, que se convirtió en su máximo orgullo, y que cuidaba tanto como si fuera parte de su mismo cuerpo. «La cuido más que a mis compañones», musitó con un extraño dejo de abatimiento nublándole la mirada.

A la vuelta de la cancha nos enteramos de una importante asamblea sindical programada para el día siguiente. En ella se daría cuenta de las últimas novedades respecto al cierre de Coya Sur. Los pronósticos no eran muy favorables y la gente se hallaba pesimista. Mientras la pareja tomaba onces en la cocina del sindicato, invitados por la mujer del Pata Pata, en la mesa no se hablaba de otra cosa. Iba a ser demasiado triste para todo el mundo abandonar el campamento. Expedito González, que se notaba de buen ánimo, después de tomarse una taza de té con canela, cambió de conversación y se puso a hablar de fútbol.

Alucinado aún por la visión de la primera pichanga pampina que presenciaba en su vida, contó que de niño él había leído mucho sobre la historia del fútbol. Y se puso a contarnos cosas que para nosotros resultaban increíbles. Dijo que en tiempos antiguos hubo un juego, de origen anglosajón, que era una especie de fútbol masivo, «muy similar a estas pichangas de ustedes», en que se desafiaban y jugaban un pueblo entero contra otro. Se trataba de una batahola infernal, sin limitación de participantes, sin árbitro, sin rayado de cancha y sin regla alguna; en realidad eran unas verdaderas zalagardas en las que todo estaba permitido para llevar el balón a la meta contraria, exceptuando el homicidio, claro. Pero que ni siquiera eso, pues como se daban con todo, siempre los torneos terminaban con algunos muertos y un montón de contusos. «Y, según una leyenda, parientitos, la primera vez que se llevó a efecto uno de esos juegos, fue con la cabeza cortada de un monarca danés derrotado en una batalla».

Como el Fantasista notó en la expresión de algunos rastros de incredulidad —y es que nosotros no sabíamos si lo que decía era cierto, o sólo se estaba carrileando—, dijo que, «para que lo vayan sabiendo de una vez los parientitos», los orígenes del fútbol eran mucho más antiguos de lo que el común de los mortales creía. Y con la resonancia cavernosa de su voz («este tipo tiene una voz como de personaje de película de terror», había dicho el Zanahoria, uno de los porteros del cine) se largó a conversarnos de cosas tan insólitas y extraordinarias, que al final tuvimos que sucumbir a la idea de que Expedito González, además de ser un genio con la pelota, era una especie de erudito en la materia. Nos contó, por ejemplo, que la prehistoria del fútbol se ubicaba en el Extremo Oriente, concretamente en China y Japón (y por ahí se dio el lujo hasta de nombrar alguna dinastía). Que ya en el siglo V antes de Cristo los integrantes del Ejército imperial chino se entrenaban para la guerra con un juego de instrucción militar muy parecido al fútbol de hoy. En este juego, una bola de cuero rellena con plumas y vísceras de animales tenía que ser lanzada con el pie a una pequeña red con una apertura de treinta a cuarenta centímetros, fijada a dos largas varas de bambú.

Enardecido por la atención concitada en los presentes —incluida la Colorina, que parecía ser la primera vez que le oía hablar del tema—, nos reseñó que unos quinientos o seiscientos años después, en Japón, apareció una forma diferente de juego, uno que se seguía practicando hasta el día de hoy. Se trataba de un tipo de fútbol jugado en círculo, mucho menos espectacular que el otro, pero mucho más solemne. Éste era en verdad una especie de ejercicio ceremonial que si bien exigía cierta habilidad técnica, no tenía ningún carácter competitivo y, por lo mismo, no representaba ninguna lucha por el balón. El juego se hacía en una superficie de terreno más bien pequeña, en la que los jugadores, dispuestos en círculo, todo lo que hacían era pasarse el balón uno a otro sin dejarlo caer al suelo.

Ahí nosotros lo interrumpimos, entusiasmados, para decirle que ese mismo jueguito acostumbraban a hacerlo nuestros futbolistas como precalentamiento antes de entrar a la cancha.

El hombre nos miró con el gesto ceñudo de un profesor interrumpido en su clase magistral, y continuó hablándonos, ahora de las primeras pelotas de la historia. Dijo que éstas ya aparecían dibujadas en algunos grabados chinos antiquísimos y en los murales mexicanos pintados hacía más de mil años. Hasta se habían encontrado talladas en el mármol de una tumba griega de cinco siglos antes de Cristo. Que los chinos rellenaban las pelotas con estopa, que los egipcios las hacían de paja y cáscaras de granos envueltas en telas de colores, y que los griegos y romanos usaban una vejiga de buey inflada y cosida. Mientras nos decía que en la Edad Media los europeos jugaban con una pelota ovalada rellena de crines, y que en México las fabricaban de caucho, el Fantasista se dio cuenta de que Cachimoco Farfán cabeceaba de sueño despatarrado en una silla. Entonces, sin dejar de hablar, se le acercó sigilosamente, le arrebató la naranja que el loco tenía en las manos y, para asombro y regocijo de los ahí presentes, se puso a hacer sus funambulismos con la fruta como si fuera el mejor de los balones profesionales.

Ya por la noche, mientras nos hallábamos encerrados en el salón del sindicato —viendo cómo el compañero Pata Pata sudaba la gota gorda tratando de escribir sin faltas de ortografía la citación sindical en la pizarra—, tras llamar por la puerta del callejón, entró don Benigno Ramírez. Llegó invitando a todo el mundo al Huachipato. Traía el último *long play* de Miguel Aceves Mejía bajo el brazo y quería oírlo por los parlantes del rancho. Aunque todos sabíamos que eso era nada más que un pretexto del hombre para tener con quien conversar un rato.

Don Benigno Ramírez era un solterón gentil y solitario que, además de ser un conversador impenitente y uno de los pocos hombres que aún usaba sombrero de paño, tenía gran afición por el arbitraje. Siempre se ofrecía cuando los capitanes de equipo recorrían la tribuna en busca de alguien que les dirigiera el encuentro (todos sabíamos que debajo de su camisa de parada ya traía puesta su negra polera de árbitro, encargada directamente a la capital). Pero sólo cuando nadie más se insinuaba, y ya se estaba pasado de la hora, y no había más remedio, se resignaban a entregarle el pito. Es que como juez, don Benigno era más bien singular, rayano casi en lo extravagante. Además de arbitrar sin quitarse el sombrero, y de que su edad lo obligaba a dirigir todo el encuentro sin moverse del círculo central, para decidir cualquier sanción no sólo evaluaba lo fortuito o intencional de la falta en sí, su gravedad o levedad, sino que también pesaba y sopesaba la hoja de vida de los jugadores involucrados: su conducta laboral, su comportamiento social, sus hábitos morales (demasiado falleros en el trabajo, malos vecinos, padres descuidados, boca sucia para hablar, y otras sandeces por el estilo), y sólo entonces amonestaba, o expulsaba, o perdonaba al infractor.

En el campamento recordábamos siempre aquel partido de fiestas patrias, entre solteros y casados, que don Benigno suspendió antes de que comenzara. Cuando los casados ingresaron a la cancha, al hacer el clásico saludo al equipo rival, en vez de decir tres ras por los solteros, no hallaron nada mejor que gritar:

—¡Tres ras por los pajeros! ¡Ra! ¡Ra! ¡Ra!

Entonces, como desquite, el equipo de los solteros salió a la cancha, se acercó bien a las tribunas y, ahí, cerquita de las esposas de sus contrincantes, en vez de dar tres ras por los casados, gritaron a todo pulmón:

—¡Tres ras por los gorreados! ¡Ra! ¡Ra! ¡Ra!

Don Benigno Ramírez, que ya se hallaba listo y dispuesto en el centro de la cancha, de inmediato tocó el silbato y suspendió el partido por faltas a la moral y conducta indecorosa de ambos equipos. ¡Qué se habrán imaginado!

En el rancho, luego de solicitar que tuvieran la amabilidad de tocarle su disco, don Benigno

Ramírez hizo la pedida para todos, y antes de largarse a conversar ordenó dos botellas también para la mesa del fondo, donde se hallaban bebiendo en silencio los cuatro electricistas del campamento, el cuarteto de beodos más ilustre de la pampa.

Los temas recurrentes de don Benigno eran dos: el trabajo y el arbitraje. En ese orden. Y esa noche, para hastío de todos, estaba cargado hacia el del trabajo. No en vano llevaba treinta y cinco años de servicio en la compañía. Treinta y cinco años sin faltar un solo día al trabajo, repetía en su tedioso modo de conversar, capaz de hacer dormir a una oveja. «Los treinta y cinco mejores años de mi vida», recalcaba con un amargoso mohín de resentimiento que le torcía los labios hacia abajo. Había entrado a trabajar a los quince como mensajero de la Casa de Fuerza, y su responsabilidad y su lealtad a toda prueba le habían hecho merecedor no sólo de este precioso reloj que ustedes ven aquí —«merecimiento que, para que ustedes sepan, amiguitos, muy pocos empleados logran alcanzar»—, sino también a que en cada aniversario de la compañía, fuera elegido como el mejor trabajador del año.

Como era él quien siempre pagaba la cuenta, nosotros, que ya sabíamos de memoria su perorata, nos habíamos hecho de dos métodos infalibles para mandarlo a dormir temprano: o comenzábamos a llenarle el vaso más seguido (apenas se sentía un poco achispado se disculpaba muy señorialmente y se iba), o nos poníamos a hablar cochinadas en la mesa. En este último caso, tras largarnos un sermón sobre el decoro, la decencia y las buenas costumbres, se despedía con aspereza y se retiraba a su camarote del pasaje Caupolicán.

Eso fue lo que ocurrió esa noche. Al oír al Choche Maravilla contándole al Fantasista que aquí, gancho, como las casas eran de puras calaminas, todos teníamos un hoyito secreto para espiar las fornicaciones de los vecinos, don Benigno, recatado y pudoroso, tomó su sombrero y dijo que lo sentía mucho, amiguitos, pero la charla se estaba volviendo obscena y por lo tanto él se retiraba a sus aposentos.

Apenas el hombre se paró de la mesa, se nos desató la lengua y nos largamos a hablar resueltamente de lo que constituía el tema predilecto en los ranchos y cantinas de las salitreras: el gorreo, los cuernos, la comida de color, la quemadura de espinazo o el zapateo de nuca, que eran algunos apelativos con que se conocía el pecado de la fornicación. Expedito González y la Colorina nos quedaron oyendo incrédulos y perplejos cuando le contamos la historia, ya clásica en la pampa, de la mujer que copulaba con su vecino por un agujero hecho en una de las latas de la cocina. Caso que por lo demás, ganchito, había sido narrado en un libro publicado hacía muy poco, una novela llamada *Pampa desnuda*, cuyo autor, Humberto Sánchez, la escribió con conocimiento de causa, pues había trabajado por un tiempo como jefe de Bienestar en la oficina José Francisco Vergara.

Picaneado por el vino y la conversación, esa noche Expedito González nos contó algo más acerca de su vida.

Era oriundo de Temuco, fue hijo único, y su madre había muerto durante el parto. «Dicen que cuando me sacaron, mi madre ya estaba muerta». Después, cuando era apenas un peneca que no llegaba aún a los siete años, su padre murió de un ataque al corazón y él se quedó solo en el mundo, pues no tenía hermanos, ni abuelos, ni tíos, ni ningún pariente que conociera. Que su viejo toda la vida había sido un hincha fanático del Green Cross, y que las tardes más hermosas y felices que él recordaba fueron esas cuando su equipo venía a jugar a la ciudad y, con pitos y banderas y paquetes de palomitas confitadas, su padre lo acompañaba al estadio. Claro que a él le hubiese encantado que en vez de llevarlo de la mano lo enarbolara sobre los hombros, como hacían con sus hijos los demás padres, pero lamentablemente él nunca pudo hacerlo.

Cuando, picados por la curiosidad, le preguntamos la razón de que su padre no pudiera hacer un gesto tan afectuoso como llevarlo a caballo sobre sus hombros, Expedito González guardó silencio, después cambió de tema y dijo que al día siguiente proseguirían viaje. Que, por favor, no trataran de disuadirlo. Que si de él dependiera se quedaba unos días más, pero que la parientita no hallaba la hora de irse.

Alguien entonces dijo por lo bajo que la única solución que nos quedaba era pololearse a la pelirroja. No había otra. El Choche Maravilla, que se había pasado la tarde rondándola mientras el Fantasista se hallaba en la cancha, dijo que no se preocuparan, que a esa puerquita desmemoriada él la tenía lista y adobadita para manducársela. Que de esa noche no pasaba.

—¡La tengo a punto de caramelo! —dijo en tono sobrador—. ¡Le voy a hacer recobrar la memoria en el ring de cuatro perillas!

Poco después de medianoche hizo su aparición el California. De impecable terno blanco y camisa negra —su clásica pinta de artista—, y su ensortijada melena de gitano, el California venía llegando de sus vacaciones en Antofagasta.

Como acostumbraba a hacerlo, entró empujando fuerte las batientes y se detuvo mantecosamente a la entrada, a ver de qué mesa lo llamaban primero.

Por supuesto que lo invitamos de inmediato.

El California hizo un saludo general con el signo de los hippies, se instaló en la mejor silla, se mandó dos tragos al seco, y luego solicitó un cigarrillo para él y otro para la oreja —él nunca gastaba un peso en los ranchos—. Después, a pedido de los presentes, se mandó a cantar la primera canción de la noche, tal y como a él le gustaba hacerlo: llevando el ritmo en la cubierta de la mesa y haciendo la mímica de los grandes cantantes de moda. En verdad, al California no había que rogarle mucho para que se largara a interpretar su vasto repertorio de canciones románticas.

Cuando, luego de los tres primeros temas, arrancó con *Tocopilla triste*, su caballito de batalla, todos en la mesa nos dimos cuenta de que le habíamos pegado el palo al gato: la Colorina, como si algo le hubiese hecho clic en el cerebro, primero se sobresaltó, luego se quedó oyéndolo y viéndolo como caída en trance, y después, cuando el California, inspiradísimo, le cantó unas estrofas mirándola directo a los ojos, una sonrisita lasciva se le dibujó en sus labios acorazonados.

Al terminar la canción, mientras el Fantasista, visiblemente inquieto, bebía más de la cuenta y miraba a la Colorina de reojo, ella se fue a sentar junto al cantor y se pasó todo el resto de la velada dedicándole los más grandes globos de su chicle rosado.

En un momento, en medio de la conversadera y las risotadas y los brindis a vaso chocado, el California y la Colorina desaparecieron de la mesa. Se hicieron humo. A alguien le pareció haberlos visto salir por la puerta chica, la que daba a los callejones.

Veinte minutos después reaparecieron.

—Se le notaba en el puro modo de comer chicle que esta era putita de nacimiento —comentó, herido en su amor propio, el Choche Maravilla.

Esa noche nos quedamos hasta tarde en el rancho. Hasta que Samuelito, el hermano de la señora Emilia, un atildado profesor particular de modales más bien finos, terminó por echarnos con viento fresco a la calle y buenas noches los *zapallos tungas*, vayan a acostarse, o mañana se van quedar dormidos.

—Las cosas en la compañía no están para bollos.

Mientras salíamos, Samuelito se acercó al California, lo tomó de una chuleta —tal como solía hacerlo cuando fue su alumno—, y en un tono de paternal represión le preguntó al oído qué era lo que hacía el *zapallo tunga* con esa Colorina descarada en la oscuridad del callejón.

—Lo vi todo con mis dos ojitos —le dijo.

¡Aquí estoy, amables oyentes, pacientes míos, auditores de la pampa salitrera; aquí estoy, parado en medio de la cancha recién rayada, y tengo que decir que se ve linda la cabrona con las redes en los arcos, con las banderas flameando en el techo de la tribuna y sus respectivos banderines en los córners, se ve linda mi cancha rayada con salitre, sí, amables oyentes, yo digo que ningún campo deportivo del mundo puede lucir un rayado así de blanco, así de fulgurante, porque el salitre es más blanco que la cal, es más blanco que la leche, más blanco aun que la nieve de la cordillera de los Andes, ¡más blanco que la concha de mis ganglios linfáticos!, qué quieren que les diga, amables radioescuchas; perdonen la emoción, es que se ve tan hermosa nuestra cancha, esta cancha en donde en unas pocas horas más se llevará a efecto el último encuentro entre Coya Sur y María Elena, después el viento la borrará para siempre y volverá a ser pampa, terreno baldío, peladera del demonio, por eso esta emoción que me ablanda los huesos, señora, señor, porque en esta cancha, hoy, en unas cuantas horas más, se jugará el más importante partido para nosotros, y por eso estoy aquí transmitiendo para ustedes, por eso estoy aquí, de cara al campamento, mirando hacia sus calles, hacia sus casas, viéndolas como si ya fueran un espejismo, como si ya las hubieran desarmado, como si ya no existieran; desde aquí

*puedo ver el frontis del pasaje Caupolicán, donde vi-
ven los solteros, donde sólo de vez en cuando, y muy a
lo lejos, se deja caer alguna putita del puerto para so-
laz del Viejo Tiroyo, ese anciano pegajoso como ve-
rruga que después se jacta de que las hace berrear de
gusto; desde aquí puedo ver las copas de los árboles de
la Plaza Redonda, los pimientos y algarrobos a cuya
sombra los coléricos van a calentar el mate con las
chiquillas; desde aquí puedo ver la torre del reloj de
la pulpería, cuyas manecillas ya comienzan a marcar
la hora del recuerdo, la hora del adiós, la hora de
nuestra muerte, amén ¡fenilanina hidrolasa y la pústula maligna!, la hora de cuando todo esto, como les
digo, no sea más que un yermo pedregoso, un calci-
natorio del infierno, un desolado paisaje en donde
alguna vez los arqueólogos del futuro vendrán a es-
carbar como los perros y descubrirán que aquí hubo
vida, que aquí se hizo historia, que aquí vivió y
transmitió para todos ustedes el más grande locutor
deportivo de todos los tiempos, el gran Cachimoco
Farfán, el mismo que en estos instantes está llorando
por adelantado el desaparecimiento de nuestra querida oficina; sí, amables oyentes, perdonen la emoción, pero uno es de carne y hueso, uno es coyino de
«alma, corazón y vida», como dice el valsecito, uno es
coyino hasta los estreptococos, y no es fácil irse del lugar donde uno ha tenido los mejores amigos, donde
uno ha relatado los partidos y las pichangas de fútbol
más espectaculares de la pampa entera; pero yo les
digo que antes de irnos todos a la mierda, antes de
desaparecer del mapa, antes de ser sólo recuerdo, tenemos el deber moral, el deber social, el deber hipo-
crático de ganarles este último lance a los Cometierra; por eso estoy aquí, estimados radioescuchas, con*

el entusiasmo de siempre, con el ánimo de siempre y con el gentil auspicio de la fábrica de paletas de helado del Pelao Thompson, las paletas que no matan el calor pero lo dejan tonto; con el auspicio también del Rancho Huachipato, donde uno se emborracha y se queda pato; del bazar del Sordo Moya, donde usted pide una aguja y le dan una olla; aquí estoy, señora, señor, a la espera de que llegue la góndola que trae al equipo visitante, a la espera de que lleguen las cuatro de la tarde, la hora en que el hombre de negro hará sonar el pitazo inicial (dicen que el árbitro que traen de la oficina Pedro de Valdivia es un papulosiento de pelo blanco que pinta más que la varicela); aquí estoy, pacientes míos, a la espera de este último partido con los Cometierra, a los que ahora sí les vamos a ganar, los vamos a golear y más encima les vamos a romper el foramen del sacro a patadas, se los juro por la glándula parótida del niñito Dios!

III

El miércoles apareció en la pizarra del sindicato la citación a asamblea general para esa tarde a las 19.30 horas. Único punto a tratar: el cierre del campamento (en vez de campamento decía «ca*n*pamento»).

Los hombres y las mujeres se acercaban a leer y se iban comentando con impotencia —los puños cerrados y la voz quebrada— que estos hijos de mala madre se van a salir no más con la suya y vamos a tener que irnos de nuestra casa, de nuestra calle, de este campamento que nos vio nacer, que nos vio crecer, compadrito, comadrita linda, que nos vio hacernos hombres y mujeres de esfuerzo. ¡Carajo de vida!

Para rematar el cuadro, cuando a media mañana llegamos al local a visitar a la pareja, nos encontramos con la novedad alarmante de que ahora el apurado en ahuecar el ala era Expedito González. El hombre se veía con una cara de juez que daba miedo. Y es que por la noche —así lo atestiguó la mujer del Pata Pata— había mantenido un altercado largo y fuerte con la Colorina. El motivo se adivinaba a la primera: usaba terno blanco y cantaba como gitano.

Cuando luego el Fantasista comenzó a prepararse para ejecutar su número, y tuvo que hacerlo todo él solito, constatamos que en verdad el asunto iba en serio y que la relación entre ambos se caía a pedazos. La Colorina no lo masajeó, no le vendó los pies, no le puso las medias ni le lustró los botines. Con indisimulada mala gana, sólo se limitó a sacar la caja de las contribuciones y a desplegar la cartulina con las fotos. Después, amurrada, se sentó en la vereda con la cara en las rodillas y sin siquiera mirarlo. Hasta los globos del chicle le salían con un dejo despreciativo.

A eso del mediodía, sin pena ni gloria, el hombre de la pelota blanca terminó lo que había anunciado como su última exhibición en este «pueblito». Apenas tuvo ánimos para hacer sus reverencias de agradecimiento. En la cajita de Ambrosoli penaban las monedas. Más encima, ni siquiera estuvo presente Cachimoco Farfán, quien podría haberle puesto un poco de pimienta a la función con sus salidas de madre. Es que en verdad su «número artístico-malabarístico-deportivo», como lo llamaba él con gran pompa, ya no causaba la misma sensación.

A la gente le había comenzado a dar la idea de que la verdadera dificultad para el Fantasista era que la pelota se le cayera, o se le arrancara siquiera un poquito de la órbita de su encanto, como esos volantines de cola larga, que era más difícil bajarlos que mantenerlos en el aire.

Lo que aún atraía algo era su pelota blanca, ya que era la primera que veíamos por estos lados. Nuestras pelotas habían sido siempre de color marrón, tanto así que muchos la llamábamos «la pecosa».

Más tarde, mientras lo acompañábamos a almorzar, en un momento en que la Colorina salió a comprar chicle, Expedito González nos ratificó que esa misma tarde continuaba su gira por las ciudades de más al norte. Se iba. Estaba decidido. Si ella no lo acompañaba —aunque lo sentiría en el alma, pues la quería mucho—, se iba solo. Y ya no a Tocopilla, sino rumbo a Iquique. «Ciudad que, como ustedes saben, parientitos», su voz nos sonó más enronquecida que de costumbre, «es tierra de deportistas por excelencia».

Nosotros nos quedamos de una pieza.

Ya lo creíamos jugando por los nuestros el domingo, ya lo imaginábamos vestido con el uniforme blanco-amarillo de nuestra selección, emborrachando con sus tejemanejes a los cabrones de los Cometierra y haciéndoles una ristra de goles increíbles. Consternados por su decisión, que a todas luces parecía irrevocable, cada uno de nosotros se sintió comprometido a hacer algo, a tramar o inventar cualquier cosa, a ofrecerle este mundo y el otro con tal de desganarlo de su idea.

Algunos, pensando en ganar tiempo, le dijimos que por lo menos se quedara hasta mañana jueves, que como era día de suple le podríamos hacer una vaquita entre todos y juntarle unos buenos pesos. Otros, más prácticos y optimistas, le recordamos que el sábado era primero de noviembre, Día de Todos los Santos. Y que, como sucedía cada año, vendría mucha gente de afuera a visitar nuestro cementerio. Sobre todo coyinos antiguos, esos paisitas diseminados a lo largo de todo el país que de seguro, luego de ver a sus muertos, se quedarían hasta el domingo para presenciar el último partido de su selección. Por lo tanto, ese día, entre residentes y exiliados, le podríamos recolectar un saco lleno de billetes.

La señora Emilia, concesionaria del Rancho Huachipato, mujer abnegada y de corazón doble ancho, acostumbrada a matarle el hambre a cuanto vagabundo o aventurero llegaba por estos territorios, ofreció darle la comida a pensión completa hasta el mismo domingo. O hasta el día que permaneciera en el campamento después del partido: desayuno, almuerzo, onces y comida.

—A usted y a su señora esposa —le dijo.

Expedito contestó molesto que la parienta ahí presente no era su esposa.

La Colorina sólo guardó silencio.

Entonces, siguiendo el ejemplo de doña Emilia, el gordo jefe de la pulpería —capaz de comerse dos gallinas enteritas de una sola sentada, sin eructar una sola vez—, palmoteándole el hombro afablemente, le dijo que si el caballerazo se quedaba a jugar por el equipo, él se comprometía a regalarle un terno nuevo, de casimir inglés, con camisa y corbata incluidas, y además un lindo traje dos piezas para ella. El Pelao Thompson, dueño de la fábrica de hielo, les ofreció paleta de helados gratis, todos los días, del sabor que quisieran y a la hora que se les antojara. El dueño de la peluquería le prometió un corte de pelo cuadrado, que era la última moda en la pampa, con afeitada incluida; y el chino Pizarro, concesionario del cine, les ofreció entradas liberadas por todo el tiempo que se quedaran, explicándole que en los cines de la pampa se exhibía una película diferente todos los días. Y que si les daba la santa gana, podían asistir a las tres funciones del día: matiné, vermut y noche.

Pero el Fantasista no aflojaba.

Tampoco se veía por dónde meterlo en costura.

Cuando ya nos parecía imposible todo argumento y estábamos a punto de tirar la toalla, sacó la voz el Tuny Robledo, quien sólo cinco minutos antes había entrado al rancho a comprar una bebida familiar y se quedó un rato a conversar en la mesa. Tartamudeando levemente, nuestro *crack* más ilustrado le dijo que si de verdad era hincha de corazón del Green Cross, sólo por honrar la memoria de Lito Contreras, uno de los mejores jugadores que había defendido la camiseta del club, debería quedarse hasta el domingo.

—Por si usted no lo sabe —le dijo—, el cuerpo de Lito Contreras está sepultado en nuestro cementerio.

El Fantasista se quedó mirándolo perplejo.

Nosotros, recriminándonos por lo bajo, diciéndonos que cómo crestas no lo habíamos pensado antes, nos entrometimos prestos a corroborar lo que acababa de decir el muchacho. En efecto, Lito Contreras era pampino, sí señor, y estaba enterrado nada menos que en nuestro propio cementerio.

Expedito González seguía con la boca abierta. Él siempre había sido un gran admirador de Manuel «Lito» Contreras, nos dijo compungido, pero no sabía que era de la pampa. Y que su cuerpo estuviese sepultado en el cementerio de este mismo campamento le parecía increíble. Él, por supuesto que estaba al tanto del accidente de avión, claro que sí, pero esto no lo habría imaginado jamás, no estaba en sus libros.

Entonces, aprovechando y cultivando su emoción, nos pusimos a contarle lo que, como pampinos bien nacidos, nos llenaba de orgullo: que Manuel «Lito» Contreras Ossandón, antes de ir a mojar la casaquilla número ocho del equipo profesional del Green Cross, había vivido y estudiado en la pampa.

Era un pampino de tomo y lomo, sí señor.

Cuando le íbamos a precisar que el astro había vivido en la oficina María Elena, el Tuny Robledo se nos adelantó y dijo que el Lito había vivido aquí mismito, en Coya Sur. Y en una casa por aquí cerquita de donde estábamos.

—Si usted quiere conocerla, señor, se la mostramos al tiro —remató el número nueve.

Ante el mudo asentimiento del Fantasista, nos paramos todos y salimos en patota del rancho. La Colorina, mosqueada, nos siguió de mala gana. Cuando llegamos en procesión al número 86 de la calle Balmaceda, el Tuny Robledo, apuntando a la casa, dijo en tono consternado:

—Aquí es.

Que sí, que ahí mismito había vivido el Lito Contreras, repetimos todos a coro, apuntando a la casa en donde, en verdad, había vivido el «Picho» Contreras, uno de los mejores amigos del Tuny Robledo —muerto hacía poco tiempo en Antofagasta—, famoso desde niño por la costumbre de enojarse y llevarse la pelota en pleno partido, si lo sacaban del equipo.

Expedito González se mostraba de verdad conmovido. A su lado, la colorina, masticando su chicle sin ningún asomo de emoción, nos miraba con suspicacia (nosotros comenzábamos a encontrar cada vez más espabilada a la pelirroja).

Para disipar toda duda, y como tiro de gracia a la indecisión que aún aleteaba en los ojos del Fantasista, el Tuny Robledo dijo que, si el señor quería, ahora mismo lo acompañábamos todos al cementerio a visitar la tumba de su ídolo. Ese fue el broche de oro. Aquel día, todos coincidimos en que el Tuny Robledo se anotó un porotazo. El centro *forward* de los pulperos y de la selección —cara de niño bueno y peinado a lo Beatle—, además de ser el extraño del grupo, era más sano que el bicarbonato, como habría dicho Cachimoco Farfán. La otra cara de la luna respecto del Choche Maravilla, su mejor compinche. Los amigos eran distintos en todo. Pero más que nada en dos cuestiones para ellos elementales: en el comportamiento dentro de una cancha y en el trato con las mujeres. En la cancha, el Choche Maravilla celebraba sus escasos goles —casi todos de chiripa— saltando y gritando con gran alharaca y abrazándose con todo el mundo; mientras el Tuny Robledo podía hacer el gol del triunfo a última hora y de una chilenita espectacular y, en medio de los palmoteos y felicitaciones de sus compañeros, apenas si levantaba una mano mientras corría hacia el círculo central con la cabeza gacha. En cuanto a lo de las mujeres, la cosa era más diferente aún: el Choche Maravilla mantenía un *stock* permanente de pololas, no sólo en el campamento, sino en las tres oficinas circundantes, y era conocido como el rey de los atraques, tanto en el cine como en la plaza y en los callejones. El Tuny Robledo, en cambio, estaba enamorado de toda la vida de una sola niña, Marilina, la hija de don Celestino Rojas. Pero tan corto de genio y desalentado era con las mujeres, que en todo el tiempo que llevaba cortejándola sólo le había tomado la mano y dado algunos besos en la oscuridad del cine. Sus amigos lo jorobaban con que ya era hora de que el centrodelaterito «botara el diente de leche». Hasta el mismísimo Cachimoco Farfán, al relatar en la cancha alguna mala jugada suya, glosaba a todo hocico que «¡sería mejor, amables radioescuchas, que este Papova Humano se fuera a la biblioteca a leer algún poema de amor de esos que huelen a bromomenorrea, o enfilara a su casa y se metiera debajo de las sábanas a hacerse una macaca en nombre de la hija del que todos sabemos!». En cambio, cuando el que se perdía un gol era el Choche Maravilla, Cachimoco Farfán lo mandaba directo a darse un baño, «¡pero un baño antipirético, señoras y señores, para que se le baje la temperatura y se le tranquilicen las hormonas de una vez por todas a este caliente de mierda!». O, por el bien del fútbol coyino, le pedía que se perdiera en la oscuridad de los callejones y contrajera un chancro sifilítico en uno de sus cochinos polvos a la paraguaya.

Lo mismo que el enamoradizo Choche Maravilla no pasaba de ser un entusiasta de la pelota (en cuanto a técnica era más bien negado), el Tuny Robledo, desde niño, se vio que venía marcado por el hada del fútbol. Había nacido con el «don de la esférica», como decían los vecinos. El juego se le daba naturalmente. En sus primeras pichangas a pampa traviesa, o en los recreos del colegio, él mismo se sorprendía de la espontaneidad de sus fintas, de su instantánea reacción para esquivar zancadillas y de la congénita naturalidad con que le salían sus más insólitas jugadas. Para él era un asombro perpetuo ver cómo la pelota lo buscaba, cómo llegaba mansita a sus pies, a su pecho, a su cabeza. Esa misma pelota que a los otros les era casquivana, a él se le volvía regalona y mimosa. En los partidos era un placer estético verlo jugar, verlo parar un balón, verlo esquivar rivales; incluso parado en la cancha, uno no dejaba de contemplarlo. Era un creador nato. Por eso mismo sus detractores decían que jugaba más para el público que para el equipo. Su único punto negro eran los tiros penales. Aunque en los entrenamientos era seco para ponerlos en un ángulo, en los partidos no se atrevía jamás a ejecutarlos: sentía el mismo pavor atávico que le frenaba el impulso de pedirle la prueba de amor a la niña de sus sueños.

«Yo creo que el día que te atrevas a patear un penal», le repetía con ínfulas de terapeuta el Choche Maravilla, «te vas a atrever a tirarte a la Marilina. O, al revés, cuando al fin te tires a la Marilina te vas a atrever a patear un penal».

Antes de partir al cementerio, Expedito González preguntó dónde podía comprar un ramo de flores para llevarle al *crack*. Hubo que explicarle que en la pampa las flores eran tan imposibles como pedir piedras en alta mar, que las tumbas de los cementerios pampinos se adornaban con flores y coronas confeccionadas en papel de volantín o en hojalata. Alguien pasó el dato entonces que doña María Marabunta ya había comenzado a armar sus coronas para vender el primero de noviembre, como hacía todos los años. Y nos fuimos a su casa.

Un rato después, aplastados por el sol, llevando una gorda corona fúnebre de color morado, enfilamos por la ardiente huella de tierra y nos echamos a caminar los dos kilómetros que nos separaban del cementerio. La Colorina nos acompañó sólo por inercia. O, como dijeron algunos malpensados, nada más porque a última hora apareció el California y se pegó también a la comitiva.

—A mí me da mucha tristeza ir a los cementerios —comentó en un momento la Colorina en tono melindroso.

—Lo triste, mijita —le retrucó guasón el Pata Pata, caminando detrás suyo—, no es ir al cementerio, sino quedarse allá.

A poco andar nos dimos cuenta de que en verdad el Fantasista no cojeaba como creímos la primera vez, sino que tenía un modo extraño de caminar, como si el arqueo de sus piernas lo embarazara y le impidiera sincronizar bien el tranco. Y no podía andar muy rápido. De modo que tuvimos que acomodarnos todo el camino a su trotecito de burro cansado. Alguien se quejó entonces de que a ese paso no alcanzaríamos a volver a tiempo para la pichanga tardera. Y de pasada, así como no queriendo la cosa, invitó a pichanguear al Fantasista.

—¡Claro que sí! —coincidimos todos—. ¡Y si no alcanzamos hoy, podría ser mañana! —rematamos estratégicamente.

Expedito González, derretido en transpiración, acomodándose el cintillo en la frente, dijo que ni loco se metía en medio de una de esas toletoles de caballazos y golpes. Que sus piernas eran su elemento de sobrevivencia y, como tal, tenía que cuidarlas como si fueran de señorita. «Una sola patada con esos bototos punta de fierro quebrarían un caballo en dos», dijo. Además, por lo que él había visto, la mayoría de los viejos se metía a esas pichangas única y exclusivamente a cascar como contratado.

Nosotros tomamos su negativa para la chacota y nos fuimos riendo y haciendo recuerdos sobre los jugadores más camorristas y rompehuesos de las salitreras. De esos llamados «zapatitos con sangre». Le contamos, por supuesto, acerca del Pata de Diablo, el jugador de María Elena con fama de ser el *back* centro más hachero de todos los tiempos. Un mastodonte de un metro noventa y siete centímetros de estatura que se jactaba de que él no pegaba por necesidad, sino por el puro gustito de pegar. La leyenda negra de este bruto estaba plagada de tibias fracturadas, rodillas rotas, dientes quebrados y *knockauts* fulminantes. Pero además el gorila era poseedor del cañón más temible de toda la comarca. Su gran proeza consistía en haber hundido una calamina del cierre del estadio de María Elena (a más de veinte metros del arco) con un pencazo desde fuera del área, calamina que los Cometierra nunca habían querido cambiar y conservaban como reliquia de guerra para amedrentar y meter cuco a los equipos visitantes.

Pese al calor del día, con el espoleo de la charla el camino se nos hizo corto. En el camposanto, ante el mausoleo del jugador del Green Cross, Expedito González se nos emocionó hasta las lágrimas. Según la inscripción de la lápida, Manuel «Lito» Contreras Ossandón tenía sólo veintidós años al momento de morir. Los detalles del accidente, el Fantasista los tenía claros: el día 3 de abril de 1961, el avión en que viajaba la mitad del equipo, de vuelta de la ciudad de Osorno, luego de jugar con el cuadro local por la Copa Chile, se había estrellado contra un cerro de la cordillera, resultando todos los pasajeros y tripulantes muertos.

Aquí, el Tuny Robledo reflexionó sobre un hecho que, según él, era uno de esos contrasentidos que tanto le gustaban a la vida: el desastre había ocurrido en los mismos días en que el astronauta ruso Yuri Gagarin llevaba a cabo la monumental hazaña de orbitar la Tierra en su fantástica cápsula espacial.

Pasada un poco la emoción, el hombre se sentó a la sombra del mausoleo y, con la corona morada entre las piernas, se puso a recordar su infancia en las calles de Temuco y sus primeros escarceos con la pelota de trapo. Y, sin darnos cuenta, de pronto, ahí, junto a la tumba del jugador pampino, nos hallamos conversando enfervorizados sobre la trascendencia que puede tener el fútbol en la vida de un hombre; en su manera de ser y en su forma de enfrentar las adversidades. Todos estuvimos de acuerdo que en el exiguo terreno de una cancha de fútbol se podía apreciar lo mejor y lo peor del ser humano. Allí, en el campo de juego, en ese rectángulo de pasto o de tierra, cerrado o abierto, en medio de la gran ciudad o en los más perdidos potreros, en esos escasos noventa minutos de brega, se podía ver la nobleza, el coraje, la lealtad y todo lo bueno que conllevaba el individuo; pero del mismo modo podía aflorar también lo peor: la cobardía, la injusticia, la soberbia y el engaño. Todos coincidimos por igual cuando el Fantasista, con un dejo de amargura en su voz cavernosa, dijo que nadie podía decir lo que era el placer si nunca le hizo un gol olímpico al mejor arquero del año; que ninguno podía saber lo que era el júbilo más desatado si nunca gambeteó a tres rivales al hilo y anotó el gol del triunfo en los descuentos de una final de campeonato. Pero de igual modo, ningún cristiano conocía la derrota y la humillación más profunda si no caminó nunca hasta el fondo del arco a buscar la pelota después de hacer un autogol.

Por último, rematamos todos de acuerdo: nadie había experimentado la angustia de sentirse solo en el universo, hasta no haberse parado bajo los tres palos, esperando que lo fusilaran de un tiro penal en el último minuto de juego.

Aquí hubo un instante de silencio. Un silencio profundo. Como si sobre el camposanto hubiese pasado un ángel con el dedo en los labios. Todos nos quedamos como ensimismados. El Fantasista entonces se incorporó y, en un gesto casi sacramental, se puso a acomodar la corona amorosamente en la cruz del mausoleo.

En esos momentos, una bandada de jotes nada de angélicos apareció planeando lerdamente sobre el cementerio.

—He ahí los negros mensajeros de la muerte —metaforizó don Celestino Rojas.

Después, llevados por la nostalgia de tiempos idos, nos pusimos a lamentar sobre los grandes jugadores que alguna vez vistieron nuestra camiseta y que por una u otra razón habían emigrado de la pampa. Unos buscando mejores horizontes, otros tratando de salvar el pellejo luego del golpe militar. Entre esos *cracks* recordamos al Carozo, al Rigoto, al Hugo Chaparro, al gran Mono Martínez y a tantos otros que mientras vivieron aquí, y vistieron la camiseta de la selección, ésta resultaba casi invencible. En cambio, ahora era cuestión de sacar cuentas: desde que estábamos bajo la bota militar que no le ganábamos un puto partido a los Cometierra. ¡Cómo nos hacían falta aquellos jugadores!

Tal si nos hubiésemos puesto de acuerdo de antemano, nos largamos a hablar de nuestro más delirante sueño futbolero, asegurándonos de que el Fantasista entendiera de qué hablábamos y se diera por aludido. El sueño era que alguna vez llegara a nuestro campamento una especie de superhéroe del fútbol, un *crack* de cojones y corazón bien puestos, que no terminara vendiéndose a los Cometierra por un trabajo mejor remunerado o una casa de dos dormitorios. Un genio del balón, un dominador de la pelota capaz de hacer las jugadas más increíbles y los más espectaculares goles jamás vistos en cancha alguna, un número nueve que saltara más alto que todos los defensas del mundo y cabeceara como detenido en el aire. «Como un helicóptero», dijo el Pata Pata. «Como un colibrí», remachó el Tuny Robledo. «Como un ángel de alas blanco-amarillas», dijo emocionado don Celestino Rojas. Y febriles como niños en pascuas, embalados en nuestro desvarío, cada uno se puso a inventar habilidades y a fantasear virtudes del futbolista imposible: que dribleara con la alegría de un saltimbanqui; que amagara con gracia y destreza de torero; que corriera veloz como el viento y pegado a la raya como un equilibrista; que fuera capaz de hacer una entrega de pelota a cuarenta metros de distancia y de forma tan certera como si la hubiese enviado por correo privado; un mago ilusionista capaz de hacer aparecer y desaparecer el balón como si fuera un conejo; un genio que al correr con la pelota cosida a los pies —dejando una estela de adversarios tirados en su camino— tuviera al mismo tiempo una visión panorámica de la cancha, como esos insectos de ojos giratorios que mientras vuelan por el aire pueden ver el mundo desde todos los ángulos a la vez.

Expedito González, con la vista fija en la lápida del mausoleo, se mantuvo todo el tiempo en silencio. Parecía no habernos oído. Sin embargo, mientras hablábamos nos dábamos cuenta de que sus hombros, siempre derechos y activos, iban cediendo imperceptiblemente, abatiéndose como material fatigado, y que el brillo de sus ojos de orate, siempre fulgente, se iba velando como por una fárfara de congoja infinita. De improviso, mientras intentaba limpiar con las yemas de los dedos el polvo salitroso de la placa de bronce del mausoleo, comenzó a hablar como consigo mismo. Dijo que el día que llegó a nuestro campamento, a medida que caminaba por la pampa y entraba por esa calle de tierra ardiente, sentía como que iba ingresando a otro mundo, a un mundo en el que el tiempo no existía, o se hallaba petrificado como el paisaje, como el aire mismo, como el sol en mitad del cielo. Que la soledad y el silencio, la ausencia de aire y la redondela pavorosamente monda del horizonte pampino, le hicieron sentir la sensación de ir adentrándose en los dominios del mismísimo purgatorio. Y, lo más grave de todo, parientitos, dijo con aire taciturno, mientras se sacudía el polvo de las manos, fue que de pronto sintió el pálpito ineluctable —y de la misma concreta manera con que se siente un verduguillo en el zapato— de que se iba a quedar desterrado por siempre y para siempre en estas desabridas peladeras del demonio. Él y su pelota de fútbol.

Después cayó en un mutismo extraño.

En esos momentos había comenzado a correr un poco de brisa y, desde las usinas de la planta de yodo cercana al cementerio, nos llegó una oleada de humo solferino (puro yodo subliminado) que nos hizo arder los ojos y la garganta.

El color del humo se confundía con el tinte violeta con que la tarde comenzaba a teñirse en el horizonte.

Pasado un rato largo, en que el Fantasista parecía caído en estado de éxtasis, y que nosotros respetamos en silencio, nos pidió que lo dejáramos un momento solo con la Colorina. Quería hablar con ella en privado.

En tanto algunos aprovechaban de deslizarse rápido detrás de algún mausoleo a despichar el residuo de las cervezas bebidas en el rancho antes de partir, el resto nos sentamos a conversar y a fumar sobre la losa de un nicho de azulejos celestes, a unos veinte pasos de la pareja. Desde allí podíamos ver cómo ambos discutían tratando de no subir la voz. Ella, además de hablar en susurros, no hacía más que negar con la cabeza, o moviéndole el índice categóricamente en la punta de la nariz. Él, en cambio, aunque también reclamaba en voz baja, lo hacía abriendo y levantando los brazos con gran aspaviento.

Ahí fue que tuvimos la visión.

Mientras gesticulaba junto a la arquitectura gótica del mausoleo, bajo la protección de una piadosa cruz de hierro, en un instante en que se quedó con los brazos abiertos —su silueta reverberando contra la luz del crepúsculo—, el Fantasista se nos transfiguró y adquirió una dimensión sobrenatural. Tal como había dicho el presidente de la Asociación de Fútbol el primer día de su llegada, allí tuvimos la revelación definitiva de que en verdad era Él.

Nuestro Mesías.

El enviado de Dios.

El que venía a redimirnos de la derrota.

El tosco cintillo de arpillera se nos figuró su corona de espinas, y la mujer de melena colorada y voz vulvosa se nos develó —muy luego conoceríamos la verdad— como su particular María Magdalena.

Después de unos minutos, el hombre y la mujer parecieron calmarse. Él la abrazó y ella apoyó la cabeza en su pecho.

Se quedaron así un rato.

A nosotros nos pareció adivinarles la actitud de los que rezan o lloran por un amor fatalmente condenado. Después, Expedito González se nos acercó y, arrastrando apenas su voz ronca, dijo que estaba bien, que nosotros ganábamos.

—Me quedo hasta el domingo.

Aunque sus ojos lo desmentían, ambos trataban de aparentar una reconciliación a todas luces fallida.

Antes de devolvernos al campamento, felices y exaltados por la decisión del hombre, nos desparramamos por el cementerio para echar una miradita a las tumbas de nuestros familiares. Algunos incluso dejamos avanzada la limpieza de las sepulturas (otro día vendríamos con agua, brocha y cal), tarea que cada primero de noviembre cumplíamos rigurosamente. Tanto era el cariño y el respeto que sentíamos por nuestros muertos, que en el cementerio muchos nichos y mausoleos se hallaban adornados y engalanados mejor que el living de nuestras propias casas.

En un acompasado tren de marcha, mientras los arreboles comenzaban a carbonizarse en el horizonte, emprendimos el regreso al campamento. El áspero paisaje del entorno, esmerilado por la luz del crepúsculo, invitaba al silencio. De modo que mientras caminábamos, ninguno se atrevió a romper el clima del encanto. Caminar por la inmensidad de la pampa al atardecer era como recorrer un planeta abandonado, o recién creándose; mientras el silencio cósmico retumbaba en la caja del cráneo, la sensación de soledad sobrecogía el espíritu de un pavor sagrado.

Sólo al llegar a las primeras casas del campamento, don Celestino Rojas se atrevió a hablar. A propósito de lo que Expedito González contó haber sentido el día de su llegada, dijo que el amigo Fantasista no tenía de qué preocuparse. Que, aunque al llegar fue tocado por un remolino de arena —«y, según una vieja creencia, los que son tocados por un remolino no se van más de la pampa»—, ni él ni ninguno de nosotros íbamos a permanecer aquí por mucho tiempo más, pues si los dirigentes sindicales no llegaban hoy con una buena nueva, todo el mundo tendría que ahuecar el ala. Y muy luegüito.

—Eso ya lo estoy barruntando —dijo premonitorio nuestro presidente de la asociación, oliendo la muerte en el aire como los jotes.

Cuando llegamos al sindicato pudimos constatar, de nuevo, que don Celestino Rojas era un pájaro de mal agüero: la asamblea había terminado hacía unos minutos, y la sensación en el ambiente era de impotencia y desencanto. Todo el mundo comentaba compungido que el cierre de Coya Sur era definitivo. Yo lo sabía de antemano. Y es que, aunque me acusaran de agorero, el sino de los salitreros no era otro más que ése, inapelablemente. Nada se podía hacer por evitarlo. Toda la historia del hombre pampino había sido y sería siempre un éxodo permanente: vivir saltando de una salitrera a otra cada vez que éstas apagaran sus humos, hasta que no quedara una sola de las centenares que alguna vez poblaron estos desiertos miserables. Eso, ellos y yo lo sabíamos desde siempre, aunque no queríamos resignarnos. Ahora estaba más que claro que de nuevo nos tocaba juntar pita y saco, preparar los retobos y llorar otra partida. No quedaba más que hacer. Llorar sin consuelo. Es muy triste irse del lugar que uno ha hecho suyo a lo largo de años, así sea uno de los territorios más inhóspitos de la tierra; es muy triste abandonar el lugar donde uno ha visto nacer y crecer a sus hijos, donde ha entregado el fuelle de sus pulmones y ha enterrado a sus muertos.

Es muy triste cosa, paisanito, por las recrestas.

Por la noche, para completar la atmósfera de orfandad que nos oprimía el espíritu, el hermano Zacarías Ángel, guía de la incipiente congregación evangélica del campamento, salió por las calles a predicar a viva voz que este era, gentiles incrédulos, hombres de poca fe, el advenimiento del fin del mundo que él venía anunciando por mandato del Altísimo. Que la pampa entera, bendito sea el nombre de Dios, sería arrasada a fuego y azufre como arrasadas fueron las ciudades malditas de Sodoma y Gomorra. Y que este castigo divino sería sin piedad ni misericordia, porque sus habitantes habían vivido chapoteando como cerdos en los placeres carnales, en contubernio con el vicio y la maledicencia. «Porque ninguno de vosotros habéis circuncidado vuestros corazones, como dice Deuteronomio, capítulo 10, versículo 16».

Con su verba inflamada por el fanatismo, parándose en cada una de las esquinas, el hermano clamaba que este era, pecadores y pecadoras, el Apocalipsis descrito en el Nuevo Testamento, del cual sólo los escogidos de Jehová serían protegidos por su sangre bendita. Porque los demás, todas esas ovejas descarriadas del rebaño, sucumbirían por tercos, por impenitentes, por desoír su palabra bendita, porque sus mentes y sus corazones estuvieron siempre más preocupados de las cosas terrenales que de las celestiales. «Más ocupados de bochinches peloteros que de cumplir con sus sagrados mandamientos».

No conforme con eso, el profeta local nos vaticinaba, además, las diez plagas del Antiguo Testamento:

«¡Las mismas plagas que mandó Jehová Dios sobre la tierra de Egipto para persuadir al faraón de liberar a su pueblo en cautiverio! Sí, gentiles que me escucháis, de cierto os digo que las aguas se convertirán en sangre, hordas de ranas cubrirán la extensión del desierto, el polvo se convertirá en nubes de mosquitos infectos, los animales caerán muertos, la piel de la gente se cubrirá de granos, el cielo se oscurecerá de langostas, las tinieblas cubrirán la tierra por tres días y tres noches, rayos y granizos destruirán las cosechas, y los primogénitos contraerán la peste maldita y comenzarán a caer y a morir como moscas, uno tras otro, uno tras otro. ¡Alabado sea Dios!».

—¡Con tal de que el vino no se convierta en agua nomás, hermanito! —se oyó de pronto decir a coro a cuatro sombras achispadas que, como ánimas de la noche, cruzaban en dirección al Rancho Huachipato.

La congregación del hermano Zacarías Ángel no pasaba de las catorce ovejas, los demás eran niños que acompañaban pulsando mandolinas, tocando panderos y declamando versículos de memoria. Aunque en su ministerio los días destinados a la prédica en la calle eran los jueves y domingos, él, revestido de la gracia del Señor, salía por cuenta propia casi todos los días de la semana a denunciar, condenar y profetizar.

El hermano, además de profeta y pastor de almas, era conocido en el campamento como el más acérrimo detractor del fútbol. En los iracundos sermones que profería desde el púlpito, en el pequeño culto que mantenía en la primera pieza de su casa habitación, siempre se oían imprecaciones y conjuros contra esos gentiles que corrían como manadas de animales salvajes detrás de una pelota hecha con cuero de animal. «Artefacto que no es otra cosa, amados hermanos, que un vil señuelo de ese Animal Mayor que es Satanás el diablo». Sin embargo, los que lo conocían de antes contaban que el santo varón, en sus buenos tiempos de juventud, había sido un impasable *back* derecho del Deportivo Santa Luisa. Uno de esos que la ponían en la yugular.

Mientras tanto, si el abatimiento de la gente en la calle era grande, en el salón de juego del sindicato la situación no era distinta. Más parecía una capilla fúnebre que otra cosa.

Nadie tenía ganas de jugar a nada.

Solo Gambetita ensayaba un lánguido juego de damas con el huaso Adonis, el único boxeador del campamento, mientras algunos observaban y los demás conversábamos y discutíamos en susurros los puntos no muy claros de la reciente asamblea.

De pronto, Expedito González, que apoyado en el espaldar de una silla miraba el torneo de damas, sufrió un desmayo y cayó al suelo con gran estrépito. Extendido cuan largo era en las tablas del piso baldeadas con petróleo, parecía como muerto. Agapito Sánchez salió disparado a buscar al practicante, mientras nosotros le echábamos aire con el tablero de damas y los mirones conjeturaban que eso tenía toda la pinta de ser insolación, ganchito, que la caminata de esa tarde al cementerio podría ser la causa.

Cuando el entrenador llegó con la noticia de que el practicante se hallaba atendiendo un parto de urgencia, todo el mundo comenzó a preguntar por la Colorina:

«Ella tiene que saber de qué sufre el Fantasista».

Pero, aunque alguien dijo haberla visto en la Plaza Redonda en compañía del California, nadie la pudo hallar. Y cuando ya la mayoría recomendaba que lo mejor era subirlo a un vehículo y llevarlo rápido al hospital de María Elena, Cachimoco Farfán, que hasta ese momento dormía tendido en una de las bancas, se incorporó de un salto y dijo que le abrieran cancha los papilomatosos hijos de la gran púrpura gangrenosa, que si acaso no sabían que él era médico.

Todos nos quedamos momificados.

Cachimoco Farfán se arrodilló junto al Fantasista y, con la actitud grave de un profesional de la medicina, se quitó el paletó y se lo acomodó como almohada. Luego, le tomó el pulso en las muñecas y en la arteria carótida. Todo de muy experta manera. Enseguida, con gesto perentorio, que ninguno se atrevió a discutir, ordenó que lo levantaran entre cuatro y lo llevaran a una pieza. Debía hacerle un examen general. Y cerró la puerta detrás suyo, sin dejar entrar a nadie.

Nosotros no salíamos del asombro.

Cuando al rato salió de la habitación, nos informó que «el paciente» había vuelto en sí, y que se hallaba bien.

—Hay que dejarlo descansar hasta mañana —dictaminó serio.

Rodeándolo respetuosamente, como a un facultativo de verdad, le preguntamos ansiosos qué crestas padecía el Fantasista.

Cachimoco Farfán, lavándose las manos en el lavaplatos de la cocina, hasta donde lo seguimos todos expectantes, dijo impertérrito:

—Secreto profesional.

Tras detener a algunos que querían llenarle la cara de dedos por farsante, insistimos en que no fuera pendejo el señor doctor, que todos estábamos preocupados por la salud del hombre. Entonces, en tono dubitativo, acariciándose la barbilla, dijo que lo único que podía decirnos, por ahora, era que el partido del domingo lo teníamos «purulentamente» perdido.

No hubo caso de sacarle una palabra más.

¡Ya es casi mediodía en la pampa, señora, señor, enfermos míos; ya casi son las doce de este domingo 2 de noviembre y el calor aquí es infernal, los jotes están cayendo asados y las moscas llegan a chirriar en las calaminas ardientes; sí, amables radioescuchas, el azul del cielo llega a doler en los ojos de puro luminoso y el puto sol hemofílico del desierto está picando como sólo pica el puto sol hemofílico del desierto, y aquí me encuentro yo, Cachimoco Farfán, transmitiendo en onda corta y en onda larga para todos ustedes, llevándoles los instantes previos al último partido entre las selecciones de María Elena y Coya Sur, entre los Cometierra y los Comemuertos, el más famoso clásico salitrero de todos los tiempos, partido que está programado, si Dios no dispone otra cosa, para las cuatro de la tarde, hora en que, como todo el mundo sabe, comienzan a arreciar los más tierrosos vientos de la pampa, y aunque aún faltan cuatro horas y cinco minutos exactos, según el reloj de la pulpería, aunque aún falta todo ese tiempo para que el señor árbitro dé el pitazo inicial, ya vemos como desde el campamento comienza a llegar público a la cancha, comienzan a llegar en primer lugar los perros de siempre, los primeros niños y los primeros vendedores ambulantes, y entre los perros reconocemos, por ejemplo, al de los hermanitos Bellacos, perro calchón y cascarriento, tan bellaco como sus mismos dueños, perro

que junto a otra media docena de quiltros persiguen
oliéndole el culo a la perra de color «deposición de
guagua» de la familia de los Pescados de Oro, familia que, como su apodo lo indica, se dedican a traer
pescados de Tocopilla para venderlos aquí a precio de
oro; por otro lado, como viniendo de las casas de la
cuadrilla, vemos aparecer transpirando bajo el sol,
con sus respectivas hondas en ristre, a Oscarito y
Marcianito, dos de los querubines más tiernos de Coya Sur, famosos en toda la pampa por su impecable
puntería y porque le rompen la crisma por puro deporte a cuanto ser viviente se les cruce por delante,
sea animal, humano o extraterrestre; ¡vayan a tirar
piedras a otro lado, condilomas venéreos y la purga
que los parió!; bueno, y como les iba diciendo antes de
que estos espermatozoides del demonio me agarraran
a piedrazos, viniendo por este otro lado, amables
oyentes, e instalándose cerca con su carrito en la esquina suroeste de la cancha, vemos llegar a la vendedora de mote con huesillos, esa flaca cara de caballo y
poto chupado que camina como si llevase el catéter de
Eustaquio metido en el culo, flaca que se hace la car-
tucha y todo el mundo sabe que es más polola que la
perra de los Pescados de Oro, y como nosotros sabemos que, además, es muy buena para charlar, nos
acercamos hasta su carrito y con ella vamos a hacer
la primera nota desde la orilla de la cancha; sí, queridos auditores, nos acercamos a la señora vendedora
de mote con huesillos, bebida que además de refres-
car el gaznate es un excelente remedio para aflojar los
esfínteres y sanar la estitiquez, y le pedimos que diga
su nombre para la radio, ¿Eulalia es su nombre, buena señora, no?, y nos dice que sí, que Eulalia es su
nombre, y como ella viene ahora mismo del campa-

mento le preguntamos si sabe algo de la góndola que trae a los Cometierra, ¿habrá llegado ya la góndola, buena señora?, y la buena señora nos informa muy amable, muy dama ella, con toda esa educación que caracteriza al gremio de los comerciantes ambulantes, que «aún no ha llegado la mierdosa góndola que trae a los mierdosos Cometierra», y, abundando en detalles, nos dice que en la entrada del campamento, junto al retén de carabineros, está esperando una comitiva de huevones de terno y corbata para darles la bienvenida al equipo visitante y llevarlos al local del Rancho Grande, en donde se les espera con empanadas y vino tinto como para regar la pampa entera; sí, amables auditores, y por supuesto con buena música mexicana, de la más gritada y sentida, y todo eso en honor a esos tiñosos Cometierra, fosfolípidos amfipáticos, hijos de la gran purga intestinal!

IV

Por la mañana del jueves —día de suple en la pampa—, el campamento despertó conmocionado por una noticia insólita: el Fantasista y la Colorina habían sido detenidos por los carabineros y estaban presos en el cuartel.

En la pulpería, el suceso era el comidillo de la jornada y en cada una de las filas corrían versiones distintas de los hechos. Algunas decían que esos dos eran pájaros de cuenta, una pareja de estafadores experta en el cuento del tío y buscada por la policía de todo el país. Otras aseguraban que una denuncia por abandono de hogar pesaba sobre la mujer; que había dejado abandonado sin ninguna clase de contemplaciones, fíjese usted, doña, a un marido que era un pan de Dios y a siete hijos menores de edad, todo por irse detrás del pelotero que no era más que un cafiche en decadencia. También estaban las versiones políticas, dichas en voz baja, de que se trataba de dos peligrosos subversivos pertenecientes a un comando guerrillero cuyas siglas aparecían rayadas en las paredes de las ciudades grandes, y que eran buscados vivos o muertos por los servicios de inteligencia del régimen.

Sin embargo, la verdad de lo ocurrido era mucho más simple. Aquella mañana, casi al amanecer, la pareja quiso irse a escondidas del campamento, y el paco Concha (arquero suplente de la selección), alertado por una llamada telefónica del vigilante de la oficina de Bienestar, que los vio salir rumbeando hacia la huella de María Elena, salió a buscarlos montado a caballo y se los trajo retobados a la comisaría. «Puedo perfectamente detenerlos por vagancia, por sospecha, o por cualquier barbaridad que se me ocurra de aquí al cuartel», respondió con exagerada prepotencia el paco Concha cuando el Fantasista le preguntó la razón por la cual los detenía.

—¡Incluso puedo acusarlos de terroristas si se me antoja! —concluyó, mirándolos inquisitivamente a los ojos.

Ese día, como todos los días de plata —suples y pago—, don Agapito Sánchez no pudo abandonar su puesto de trabajo en la pulpería, y desde allá nos mandó a decir a la cancha, donde nos hallábamos viendo el entrenamiento matinal de la selección, que fuéramos al cuartel a ver qué crestas ocurría con el Fantasista.

Trabajar en la pulpería significaba para don Agapito Sánchez —según él mismo explicaba misterioso— una ventaja enorme sobre los entrenadores de los demás clubes de la competencia local (aparte de la selección entrenaba, por supuesto, al Deportivo Pulpería). Esto tenía que ver con su afición casi enfermiza a los pronósticos y vaticinios que lo hacían considerar una serie de posibilidades, la mayoría de ellas descabelladas, para nominar cada domingo el equipo a entrar a la cancha y su táctica a seguir.

Desde su estratégico puesto en la sección tienda, su ojo vidente podía mirar, observar, pesar y sopesar, a regalado gusto, la contingencia del diario vivir de los coyinos. Por ejemplo, qué compraba la esposa de tal o cual jugador clave del equipo contra el que le tocaba jugar el domingo. Si la mujer compraba carne, o un botellón de buen vino, la cosa andaba bien por casa y, por ende, el ánimo del jugador era óptimo, por lo tanto a ése había que ponerle una marca personal en el partido. O si el domingo por la mañana la esposa de tal otro aparecía con la cabeza amarrada con un pañuelo, era signo inequívoco de que el hombre le había dado como bombo durante toda la noche y, por consiguiente, estaría debilitado y no significaba ningún problema en la cancha. Inspirado por algunos aciertos en sus vaticinios, don Agapito Sánchez había ido perfeccionando su técnica de una temporada a otra, agregando y considerando decenas de otras observaciones que ayudaban a optimizar el resultado de sus clarividencias: los embarazos y cuarentenas de las esposas; la cantidad de suple que recibían los jueves; si tenían o no la tarjeta empeñada donde el prestamista, o si el pobre hombre había trabajado demasiadas horas extras durante la semana. En este juego de múltiples variables, en que no sólo lo que veía era esgrimido como elemento para armar sus pronósticos, sino también las infidencias que llegaban a sus oídos en el rumoroso conventilleo de las filas, por cierto que no podía quedar al margen el ineludible tema de la infidelidad conyugal. Era de gran utilidad estratégica saber, por ejemplo, qué mujer de qué jugador le estaba quemando el espinazo con qué patas negras. O enterarse de casualidad que a tal jugador soltero, goleador de tal equipo, se le había visto circular frecuente y sospechosamente cerca del camarote del maricón Delfín. Avatares estos de vital importancia no sólo para predecir el estado físico y anímico de los jugadores involucrados, sino para saber qué cosas había que decirles en la cancha para calentarlos, sacarlos de sus casillas y que terminaran haciéndose expulsar. Tanto creía don Agapito Sánchez en la utilidad de su doméstico sistema de predicciones, que a menudo se le oía suspirar diciendo, con gravedad de táctico iluminado: «¡Ah, si yo pudiera trabajar en la pulpería de María Elena una sola semanita antes de un partido con los Cometierra, otro gallo les cantaría!».

Cuando el Cara de Muerto llegó a la cancha con la noticia que ya le quemaba su jeta de afásico, nos quedamos todos pasmados.

No podíamos creerlo.

De inmediato abandonamos el entrenamiento y nos fuimos al retén de carabineros, que quedaba justamente a la salida del campamento, a un costado de la huella hacia María Elena. Allí encontramos a la acongojada pareja sentada en la banca de la sala de guardia. Cada uno con un jarro de té en las manos, que el mismo paco Concha les había preparado.

Mientras la Colorina permaneció impertérrita, Expedito González, con el jarro apretado entre las manos y ambos pies sobre su pelota, nos miró a todos con sus ojos de pájaro más abiertos que nunca. Se notaba desconcertado. Su actitud inspiraba la ternura de un niño de colegio sorprendido en falta.

Pero nuestro desconcierto era mayor que el suyo y, además, estábamos ofuscados. Su deslealtad nos dolía en el alma.

Y enseguida se lo enrostramos.

Que con su comportamiento, le dijimos, había demostrado ser muy poco hombre (y «poco hombre» en la pampa era un insulto grave y motivo más que suficiente para liarse a trompadas sin pensarlo dos veces). Que no podíamos creer, compañerito, por la poronga del mono, que tratara de irse con la camanchaca, si ayer nomás, ante la misma tumba del Lito Contreras, nos había dado su palabra de que se quedaba con nosotros hasta el domingo. Que eso no era de un hombre con las alforjas bien puestas.

—Usted no es ni luche ni cochayuyo, amigo Expedito —le espetó, sentido, don Agapito Sánchez, que había conseguido salir de la pulpería y llegó al trote detrás de nosotros.

El sargento tomó la voz por primera vez y, guiñándonos un ojo, dijo que no había de qué preocuparse: los detenidos no podían ir a ninguna parte, por lo menos hasta la próxima semana. Quedaban presos por sospecha.

Entonces ocurrió lo increíble. Expedito González, luego de quedarse mirándonos como un perro recién apaleado —el brillo orate de sus ojos desleído en humedad—, nos preguntó si acaso Cachimoco Farfán no nos había dicho nada. Ante nuestra negativa, el hombre suspiró blanqueando los ojos en gesto de resignación, y dijo que de verdad, parientitos, lo sentía mucho, que él querría quedarse con nosotros hasta el domingo, pero que no serviría de nada.

—Así me quede aquí el resto de mi vida —dijo acongojado—, nunca podré vestir la camiseta de la oncena local.

Nosotros entendimos que nos trataba de decir que un profesional del fútbol como él no podía llegar y jugar por un equipo de potrero. Y le dijimos que estaba equivocado, que sí podía hacerlo; que este no era ningún partido oficial de ningún campeonato circunscrito a federación o asociación alguna, sino que se trataba de un simple encuentro amistoso entre dos salitreras, y por lo tanto los cabrones de María Elena no podían reclamar en ninguna parte.

—¡Ustedes no están entendiendo un carajo! —terció impaciente la Colorina.

Mirándonos a todos en abanico explicó desafiante que lo que el hombre quería decirnos era que nunca iba a jugar por nosotros ni por ningún otro equipo, de aquí o de la quebrada del ají, simplemente porque no podía hacerlo.

—¡Porque en su puta vida ha jugado un partido de fútbol! —dijo casi gritando.

Expedito González dejó su jarro de té sobre la banca y llevándose las manos a la cara se largó a llorar en silencio. Nosotros, sin entender qué mierda ocurría, nos quedamos de una pieza. Ninguno atinaba a hacer ni a decir nada. Cada uno se devanaba los sesos pensando en cuál podía ser la causa de que el hombrón, bueno y sano como se veía, no pudiera jugar fútbol. ¡Si dominaba tan bien la maldita pelota!

—¡Este hombre está signado por la mala suerte! —balbuceó entonces Celestino Rojas, con su eterna actitud de vieja beata—. Que no por nada el mismo día que llegó, la sombra de un jote lo había cruzado justo sobre su cabeza.

Expedito González alcanzó a oírlo y dijo que sí, parientito, que era algo parecido a eso lo que le pasaba.

—O peor todavía —su voz enronqueció aún más—. Sucede que estoy marcado por la fatalidad.

Entonces, tras secarse el llanto con un pañuelo arrugado, y sonarse estrepitosamente las narices, dejó la pelota bajo la banca, se puso de pie y, ahí mismo, frente a todos nosotros, comenzó a desnudarse de la cintura para abajo. Primero se bajó los pantalones largos, luego se arreó los cortos de fútbol, después una especie de protector de esos que usaban los boxeadores, y entonces lo vimos.

Y lo que vimos nos heló la sangre:

Era un monstruoso testículo herniado de un color violáceo, de varios kilos de peso y como a punto de estallar. «Le juro por Dios, paisanito lindo», contábamos después en las mesas de los ranchos, «que el testículo era del tamaño de una pelota de fútbol del número tres».

La visión nos dejó a todos consternados.

¡Por eso el pobre nunca había podido jugar fútbol!

Cuando una hora más tarde el sargento liberó a la pareja —«¡pero con orden de arraigo hasta el domingo!», les ladró, haciéndonos un aparatoso gesto de complicidad—, nos fuimos todos al Huachipato a dilatar el ánimo con unas buenas botellas de vino y un gran causeo de salmón con cebolla.

(Al fondo del local, entre un cargoseo de moscas ebrias, ya estaban instalados los cuatro electricistas del campamento).

Acomodados en tres mesas arrejuntadas, ya reconciliados todos con el Fantasista —menos la Colorina, que se taimó y no quiso acompañarnos—, cada uno de nosotros no sabía si llorar de risa o reír de pena al recordar el horroroso coco hinchado de Expedito González. No por crueldad ni por un humor malsano, sino por un detalle que, entre el estupor y la sorpresa, sólo algunos nos percatamos: el testículo tenía dibujado ojos, nariz, boca y bigotes.

Lo que sucedía, nos contó entre serio y risueño el hombre, es que a la Colorina, por las noches, luego de acariciar y poner maternalmente el oído en su testículo enfermo (para sentirle el borboriteo de feto vivo que se oía en su interior), le daba por jugar con él y hacerle dibujitos con su lápiz de cejas.

Después, ya más enseriado el rostro, dijo que de niño le costó mucho convivir con su compañón enfermo. A veces le daban unas punzadas que lo hacían desmayarse de dolor, como le sucedió en el sindicato. Pero al final aprendió a aceptarlo y a tratarlo como si fuera una mascota, tanto así que por las noches, antes de dormirse, lo acariciaba y le conversaba largamente de sus penas y anhelos infantiles. Hasta le había puesto nombre: «Bobo», igual como algunas personas llamaban al corazón.

—Es que mi testículo —dijo, no sin un asomo de sentimentalismo en sus palabras— siempre ha sido como mi segundo corazón.

Por supuesto que le encantaba que la parientita, en vez de hacerle asco, como ocurría con las demás mujeres, jugara con él y le dibujara cositas tiernas. Dependiendo del estado de ánimo de la Colorina era la ilustración que le hacía. De modo que a veces su testículo despertaba lleno de corazones flechados, o aparecía convertido en una pelota de fútbol, con cascos de bizcochos y todo. O transformado en la cara sonriente de un señor con bigotes y lentes, como ellos mismos se habían podido percatar esa mañana. Aunque en sus noches de melancolía, la mujer no hallaba nada mejor para graficar su estado de alma que llenar su potra de pétalos y convertirla en una necrosada rosa de color violeta.

—Ahora entiendo por qué lleva esos pantalones tan anchos, amiguito —le dijo en un momento el utilero, con los ojos vidriosos por las cervezas.

Y acomodándose los pocos cabellos sobre el casco de su calva, acercó un poco más la silla y le confesó que desde el primer día tuvo ganas de decirle que los pantalones de fútbol, a decir verdad, no se le veían muy bien, y que él era experto en componerlos, en dejarlos ajustaditos, como se usaban ahora último.

—No por nada soy el mejor utilero que ha tenido la selección coyina, amiguito —dijo entrecerrando los ojos.

Si con decirle que él mismo zurcía y cosía y pespuntaba los pantalones y las camisetas que ya no daban más de usadas y ajadas.

Expedito González lo miró con extrañeza. Pero luego se hizo el desentendido y no le dijo nada. Entonces alguien se le acercó a contarle el rumor que circulaba subterráneamente en el campamento sobre que al utilero de la selección, cuando se emborrachaba, se le encrespaban las pestañas.

Esta era una bulla que ni siquiera había llegado aún a oídos de Cachimoco Farfán, y que sólo se comentaba en voz baja y entre risitas astutas en la penumbra maloliente de los camarines.

Allí se decía que el utilero estaba enamorado de toda la vida del Crispeta Mundaca, el fornido *back* centro del seleccionado coyino. Y que esto se notaba, entre otras cosas, por lo bien cuidado que se veía siempre el uniforme del jugador cuando salía a la cancha. Aunque Juanito Caballero planchaba todas las camisetas con extrema prolijidad y esmero, la número tres era siempre la más estiradita y mejor dobladita de todas, la de los zurcidos más sutiles y primorosos. Según los más hocicones del equipo, si uno se acercaba un poco al *back* centro, hasta podía sentir el aleteo tenue de un aromático perfume de violetas en su uniforme.

Más tarde, mientras algunos reposábamos a la sombra del alero de cañas del Rancho Grande, el jefe del departamento de Bienestar mandó a llamar a los dirigentes de la Asociación de Fútbol a una reunión urgente en su oficina. «De extrema urgencia y suma importancia», nos repitió textual el mensajero.

Algo malo olimos en el aire. Justo ahora que estábamos con el ánimo por los suelos por lo del Fantasista.

En su despacho, el jefe de Bienestar nos estaba esperando junto al sargento de carabineros. Allí se nos comunicó que el partido del domingo había tomado tal importancia para la compañía, que habíase decidido, acordado y resuelto darle carácter de acto oficial. Ya no sería un simple partido amistoso, sino que constituiría el primero de los eventos públicos (ya habría otros en los próximos días) para despedir a los habitantes del campamento; evento para el que, además de la jefatura de la compañía, se esperaba la asistencia de las autoridades civiles y militares de la zona. Por lo tanto, el partido del domingo se llevaría a cabo con todo el protocolo y la formalidad acostumbrados en estos casos: entonación del Himno Nacional, ceremonia de izamiento de la bandera y lectura de discursos oficiales. Además, tenían el grato placer de comunicarnos que se esperaba la visita en persona del propio intendente de la región, el coronel Adriano Mortiz. Aunque esto último, claro, estaba sujeto a confirmación. De manera que desde ya se les exigía a jugadores, cuerpo técnico, dirigentes y público en general, y muy especialmente a los integrantes de las barras, una actitud patriótica —nosotros ya estábamos extrañándonos de que no saliera a colación la palabrita— y un comportamiento digno y ordenado, fuera y dentro de la cancha, para que así esta justa deportiva y social resultara impecable.

—En ustedes, señores, recae la responsabilidad de que así ocurra.

La compañía, además del traslado de la delegación de María Elena, asumiría los costos del recibimiento de jugadores y autoridades. Antes de despedirnos se nos notificó que si la venida del jefe de plaza se confirmaba, por motivos de seguridad interior del Estado, se encerraría como de costumbre a los cuatro ciudadanos ya sabidos. Y, lamentablemente, junto a ellos se tendría que volver a meter al calabozo al locutor loco. «A este último, por el lamentable desatino que ustedes ya saben».

—¡Bien, señores! —dijo el sargento, poniéndose de pie y atusándose los bigotes—. ¡Eso es todo, pueden retirarse!

El «lamentable desatino» de Cachimoco Farfán había ocurrido en la última visita del intendente, cuando éste, en un arrebato de populismo, le dio por asistir, vestido de uniforme ecuestre —botas de montar y fusta en mano—, a uno de los deprimidos partidos de la competencia laboral. Esa vez jugaban Planta de Yodo con Unión Mecánica, y Cachimoco Farfán se instaló a transmitir a la sombra de la tribuna, cerca de donde se hallaba instalada la autoridad militar. A mitad del primer tiempo, en una jugada de contraataque, alguien le hizo una zancadilla a la entrada del área grande al Chiquitín, el rápido *wing* fantasma del equipo mecánico, y éste, que venía embalado en un carrerón imparable, se fue trastabillando los dieciséis metros y medio que van desde la línea del área a la línea de gol; mientras trastabillaba tratando de afirmarse en cuatro patas, Cachimoco Farfán —para alegría de la barra y cólera del intendente que, mesándose los bigotes de columpio, lo mandó a encerrar por tres días a pan y agua— se puso a gritar de pie y a todo hocico: «¡Y va a caer! ¡Y va a caer! ¡Y va a caer! ¡Y va a caer!».

Nadie sabe todavía si se trató de una lamentable inocentada del loquito del tarro, o si el cabrón sabía perfectamente que ese era el grito de batalla de los opositores al régimen, y quiso hacer su propia y personal protesta al dictador.

Fue durante la noche, en casa de Juan Charrasqueado, mientras le dábamos el bajo a un asado a las brasas, que a don Silvestre Pareto se le ocurrió la grandiosa y única idea de su vida. Idea que tenía que ver con el Fantasista y el partido del domingo.

Juan Charrasqueado, el vecino más trapisondista del campamento, vivía justo al lado del Rancho Huachipato. Como acostumbraba a hacer cada día de suple y de pago, esa noche invitó a darle el bajo a «un lechoncito recién faenado, compadrito lindo». Un lechoncito criado y alimentado por él mismo, dentro de su misma casa; cuestión completamente natural en el campamento, donde además de gallinas, patos, palomas, conejos y cuyes, todo el mundo criaba —en el piso de tierra de sus cocinas— corderos, cabritos y cerdos.

Esa noche, entre las vecinas invitadas a la parranda estaba la Loca Maluenda, quien, al darse cuenta de que el Fantasista andaba solo, se le pegó como lapa. «La Colorina no te deja ni para ir al *water*», le repetía melosa. Y mientras le llenaba el vaso y le arrimaba sus descomunales tetas a la altura de la cara, en un tonito sarcástico lo conminaba a brindar a cada rato por las pelotas:

—¡Salud por las pelotas, cariño! —le gritaba muerta de la risa.

El pobre Expedito González, ya pasado de copas, con su cintillo como corbata y su pelota chorreada de vino, no hacía más que reír de manera estúpida y mirar a todos con sus ojos de búho enfermo. Ahí, en medio de las rancheras del dueño de casa y las desvergonzadas chanzas y arrumacos de la Loca Maluenda —que entre las invitadas era la que lucía el escote más descarado y la minifalda más corta—, el Fantasista volvió a relatarnos detalles de su vida, sobre todo de su drama de futbolista frustrado.

Lo que más le acongojaba y le hacía quejarse amargamente era el hecho irrevocable de que nunca en la vida, parientitos, por la cresta, habría de sentir la emoción de hacer un gol, de inventar una cachaña, de dar un pase perfecto; jamás llegaría a experimentar el júbilo desbordante —sublime, imaginaba él— de dar la vuelta olímpica abrazado a sus compañeros en un estadio lleno, a torso desnudo y con la copa de campeón tocando el cielo.

Él fue un niño prematuro; lo habían sacado desde su madre muerta y nació con esa hernia testicular que fue creciendo a la par o más rápido que él mismo. Siendo muy niño, cuando aún no se daba mucha cuenta de su mal, cada vez que su equipo tenía una mala tarde, él le expresaba a su padre que alguna vez, cuando fuera grande, iba a defender los colores de esa camiseta y nunca más perderían un partido. Su viejo, con los ojos aguados de compasión, le revolvía el pelo con cariño y le decía que sí, hijo mío, por supuesto, y que él iba a estar cada domingo en la tribuna aplaudiendo sus goles y sus jugadas magistrales.

(Fue ahí que nos cayó la chaucha de por qué cuando niño su padre no podía llevarlo al estadio montado sobre los hombros: le estorbaba el testículo gigante).

Pasado el tiempo, convertido en un niño triste, huérfano de padre y madre, al tomar conciencia de su problema físico, y en compensación a que nunca podría jugar fútbol con sus amigos, comenzó a hacer sus solitarios malabarismos con la pelota. Primero empezó usando nada más que la cabeza, después la cabeza y los hombros, después la cabeza, los hombros y el pecho. Luego aprendió a dominarla también con las rodillas y, en última instancia, con los pies, lo que le resultaba más difícil de hacer. Tuvo que acostumbrarse a usar una especie de pañal protector, ideado por él mismo, con el que se acomodaba a «Bobo» para que no le rozara, o le rozara lo mínimo, y le permitiera libertad en los movimientos. Todo esto al tiempo que se convertía —consecuencia de su misma soledad— en un lector impenitente. Pero nada más de textos que tuvieran que ver con fútbol. De modo que no sólo se hizo erudito en la historia de los orígenes de este deporte, sino que se aprendió el nombre, la nacionalidad y los colores de los clubes más importantes del mundo. Podía citar de memoria el resultado de cualquier partido de cualquiera de los mundiales de fútbol, incluida la alineación completa de las selecciones más importantes. Aquí, para demostrarlo, se largó a recitar —en un verdadero ejercicio de trabalenguas para nosotros— los nombres de cada uno de los jugadores que conformaron la selección de Suecia que perdió la final frente a Brasil en el Mundial del 58, organizado en su propio país.

—Aunque la selección sueca —nos detalló con aires de docto en la materia— había comenzado ganando con un gol anotado por su capitán Liedholm, terminó perdiendo el partido y el campeonato mundial por tres a uno. Los goles brasileños fueron convertidos por Vavá, Pelé y Zagallo, y Brasil se coronó campeón invicto.

Nunca en su vida, terminó contándonos aquella noche entre hipos y eructos, tras abandonar la escuela en quinto de preparatoria, había leído un libro o una revista que no tratara de fútbol.

Tanto nos impactó su historia, que llegó un momento en que, sentimentales como carmelitas, nos resignamos definitivamente a que el hombre siguiera su camino tranquilo y aquí no ha pasado nada, compipa. Seguimos tan amigos como antes.

Qué se le iba a hacer, compañero Expedito. Así era la vida.

Cuando Juan Charrasqueado ya le dedicaba canciones que hablaban de adioses y despedidas, y la Loca Maluenda, pellizcándole los cachetes, le pedía que no fuera ingrato el pelotero, que escribiera y mandara fruta, de pronto a don Silvestre Pareto se le prendió la ampolleta y lanzó aquella idea magnífica que habría de cambiar el curso de toda esta historia. Idea que, viniendo de él, primero nos extrañó y luego festejamos como se merecía: brindando con estruendo y bebiendo hasta verle el culo al vaso, compadrito. ¡Salud! Y terminamos la noche, borrachos y alegres, celebrando la amistad eterna y acompañando a gritos a Juan Charrasqueado en la interpretación de *Siete leguas*, el revolucionario corrido dedicado al caballo de Pancho Villa, su predilecto de toda la vida.

El rayador de la cancha, don Silvestre Pareto, era por lo general un hombre parco en palabras; sólo con unas copas en el cuerpo le daba por hablar. Aunque en tales ocasiones lo más que hacía era repetir, a guisa de nada: «calma y tiza, muchachos, los piojos se matan de a uno», que era una frase que solía oírle decir a mi padre, que en paz descanse. Aparte del cuidado de las plazas, la tarea de amononar la cancha los domingos era la que más me gustaba, tanto así que mi último deseo antes de morir ya lo tengo pensado: que me entierren en ella, en «mi chacrita», como la he llamado desde siempre.

Además, don Silvestre era conocido en público (aunque se suponía que nadie debería saberlo) como el envenenador de perros de la oficina de Bienestar. Cada cierto tiempo, cuando el número de perros vagos en el campamento se hacía impresentable a los ojos de la jefatura, a él le tocaba salir furtivamente, guarecido en la oscuridad de la noche, a repartir las albóndigas de estricnina. Y después, al otro día, manejando una carretilla de mano, él mismo se encargaba de ir recogiendo el reguero de cadáveres hinchados que amanecían empedrando las calles.

En las filas de la pulpería se decía que el viejo Silvestre no era el hombrecito servicial y solícito —con alma de cántaro— que aparentaba ser en público, sino que se trataba de un individuo cruel y déspota, una especie de monstruo que apaleaba duro y seguido a su pobre esposa, una mujercita pequeña y desdentada que durante las palizas lo único que hacía era acurrucarse como un perrito y lloriquear en silencio en un rincón de la casa. Por lo mismo, por esa mansedumbre canina que mostraba su mujer, cada vez que al almuerzo ella le servía albóndigas, él las oliscaba desconfiado y luego se quedaba contemplando el plato sumido en un abatimiento infinito.

La idea de don Silvestre Pareto, de tan simple rayaba en lo genial. Se trataba de vestir a Expedito González con el uniforme de la selección y hacerlo entrenar con el resto del equipo en plena calle Balmaceda, a la hora en que pasaban los buses con destino a María Elena. Esto con el afán de deslumbrar a los pasajeros Cometierra y que llegaran contando a sus casas, a sus trabajos, a sus fondas y cantinas, la maravilla de jugador que teníamos los coyinos.

—¡Eso se llama jugarles la psicológica! —exclamó eufórico Agapito Sánchez.

El Fantasista no puso ninguna objeción a la idea. A esas alturas —añublado por los vapores etílicos y acorralado por la grosera tetamenta de la Loca— estaba en plan de aceptar cualquier cosa

—Para ponerle la pasa al queque —redondeó eufórico el Pata Pata—, convocamos al casposo de Cachimoco Farfán para que le ponga color al asunto y alabe a gritos sus malabares.

Nadie entre nosotros tenía muy claro cómo ni cuándo Cachimoco Farfán apareció por Coya Sur con su tarro de leche aportillado y su destemplada voz de loro dislálico. Tampoco, si Farfán era su apellido auténtico o sólo se trataba de una onomatopeya de sus farfulleos. Mientras unos decían que el loquito se había fugado desde la misma Casa de Orates de Santiago, otros aseguraban que era oriundo de la ciudad de Antofagasta, que tenía estudios de medicina en la Universidad de Chile y pertenecía a una rancia familia adinerada. Que había sido justamente a causa de las extremas exigencias de sus padres con respecto a sus estudios y a sus notas —por amanecerse leyendo mamotretos y enciclopedias médicas—, que se le fundió un cable y quedó malo de la cabeza. Y proclamaban también estos sabihondos que su gran sueño infantil había sido convertirse algún día en locutor deportivo, tanto así que en las pichangas en el patio del colegio, en vez de jugar aunque fuese de arquero (puesto que nadie aceptaba de buena gana), o por último hacer de árbitro, él prefería quedarse sentado a la orilla del campo de juego y relatar el partido imitando a su ídolo de siempre, el gran Darío Verdugo, el rey indiscutido del relato radiofónico del país, el locutor que con la sola magia de su lenguaje —apurando las acciones, creando metáforas, inventando jugadas— podía ponerle sangre, darle ritmo y volver emocionante un encuentro que en la cancha se moría de inanición.

No faltaban los que aseveraban que el loco del tarro en verdad no era ningún loco, que estaba más cuerdo y sensato que todos nosotros juntos, paisita, se lo juro, y simplemente el cabrón se estaba pasando por el traste a todo el mundo.

Al final, lo único cierto era que Cachimoco Farfán vivía de la caridad de la gente y que todos en Coya Sur lo queríamos y protegíamos como si fuera nuestro hijo ilustre. Por supuesto, gozábamos de lo lindo con el frangollo delirante de sus relatos de esquizofrénico.

El único reticente con su cariño era el hermano Zacarías Ángel, a quien se le había puesto entre ceja y ceja exorcizarlo para sacarle el diablo del cuerpo. En varias ocasiones quiso llevarlo hasta el culto para hacerlo, pero el loco cada vez se le escapaba de las manos entre pataleos y una sarta de garabatos de nomenclatura médica, expresiones que para el evangelista no eran sino blasfemos mensajes de los malos demonios que lo poseían.

Con su micrófono de tarro en la mano, mientras chupaba un limón tras otro «para aclarar la garganta», Cachimoco Farfán iba conformando su relato con una mezcolanza de giros deportivos, interjecciones sicalípticas y esos términos médicos que avalaban su paso por las aulas universitarias, confitando todo alegremente con los pelambres y cotilleos domésticos que los cabrones más chacoteros del campamento le soplaban al oído para que los incluyera en sus locuciones.

Sin proponérselo él, y sin advertirlo nosotros, Cachimoco Farfán había comenzado a influir inconscientemente en nuestra vida diaria. Y es que muchos de nosotros andábamos por ahí repitiendo sus salidas de madre y usando sus extrañas jerigonzas de hospital en el cotidiano trato con nuestros prójimos. «Te voy a romper el foramen del sacro», le decíamos, por ejemplo, a un compañero de trabajo cuado nos jorobaba la cachimba. O llamábamos «condiloma venéreo» a un niño demasiado inquieto y metebulla. En la calle, al paso de una señorita de caminar fruncido y potijunto, comentábamos por lo bajo que esa preciosura, paisita, seguro que sufre de «comisura labial pudenda».

Aunque, por supuesto, no todos los días el ánimo estaba como para reírse y seguirle la corriente a su locura, y a veces nos encabronábamos y lo mandábamos a la misma mierda. Sobre todo al final de esos partidos perdidos por goleada, cuando todos estábamos con el ánimo caliente y él se metía al camarín para entrevistarnos y nos ponía su pringoso tarro en la boca, y «aquí estamos, amables oyentes, transmitiendo desde los camarines hediondos a bromomenorrea, nos encontramos junto al jugador Espermio Díaz (le dicen así por lo chico y cabezón) para que nos cuente él mismo esa jugada que pudo haber sido el empate, esa pared fallida dentro del área, cuando el Catuna Ramírez le entregó un clavel y este tísico le devolvió un bubón chancroso». Ahí, algunos simplemente querían asesinarlo.

Pero lo cierto es que Cachimoco Farfán —y en esto coincidíamos todos, sin excepción— nos enseñó algo que aprendimos y asimilamos como una verdad absoluta: que un gol o una buena jugada, como cualquier asunto importante en esta vida, no estaba completo si no se relataba, si no se contaba, si no se narraba y recreaba con la magia de las palabras. En el caso de los partidos en nuestra cancha, ningún gol se recordaba tanto como aquellos gritados por Cachimoco Farfán en sus vesánicos relatos, en donde, además de adobar todo, como ya se sabía, con los últimos chismes de la semana, exageraba hasta el delirio las particularidades de cada uno de los futbolistas.

Al contar, por ejemplo, el gol de un jugador de aquellos que se andaban acomodando el copete a cada cinco pasos, era factible oírlo decir: «¡sí, amables oyentes, este papolusiento se pasó a tres defensas y con la pelota pegada al botín siguió corriendo hasta su casa, entró al cuarto de baño, se puso unas gotitas de Glostora, se acomodó el copete a lo James Dean y volvió al campo de juego para marcar este gol de un zurdazo esquizofrénico!».

Cuando el jugador era aficionado a la bebida, lo hacía salir de la cancha, hacer una finta a la pareja de carabineros que lo querían detener por ebriedad, seguir hasta el Rancho Huachipato, en donde, para deleite de los parroquianos, entraba gambeteando las mesas vacías hasta hallar una tapada de cervezas y, ahí, siempre con el balón pegado al empeine, agarraba una heladita, se la mandaba al gaznate, se metía la mano al bolsillo como que iba a pagar, «¡pero en un amague perfecto, señora, señor, se quiebra en dirección a la puerta, vuelve corriendo al terreno de juego, ingresa al área chica y, aunque es más lento que un matraz de suero, se manda este gol espectacular, grandioso, fosfolípido!».

A los jugadores con fama de castizos los hacía correr hasta su casa, echarle un polvo de pasadita a su mujer, volver rápidamente a la cancha y hacer ese «¡gastroenterítico gol de taquito!».

Muchas veces, claro, se le pasaba la mano y como es de suponer, por ahí alguna vez le llegó un mangazo en el hocico por parte de algún afectado. Pero Cachimoco Farfán no escarmentaba. La locución deportiva era la razón y la sinrazón de su vida.

Todos recordábamos aquel domingo de mayo, cuando relató el gol del Cachetón Trujillo, un mecánico recién contratado por la compañía, al que le colgaron el apodo por su engreído modo de andar. Aquella vez, faltando cinco minutos para el final, y mientras su equipo se hallaba embotellado en su propio arco, el Cachetón recibió un pase de Miguel Astudillo, se pasó a tres contrarios y con un certero disparo a media altura batió inapelablemente al arquero. Cachimoco Farfán celebraba el gol gritando: «¡Y es que aún no lo puedo creer, amables escuchas, pero nuestro Cachetón se pasó limpiamente a tres defensas, le salió al paso el arquero (que parece un coprolito seco por lo viejo), le hizo una finta y siguió corriendo con su potito paradito, como si llevara metido el catéter de

Eustaquio en el culo, después se pasó al vendedor de helados y como un celaje se fue rumbo al campamento, llegó a su casa, preguntó por su mujer, le dijeron que no estaba, hizo entonces un amague y salió por la puerta de la cocina, agarró de frente hacia el cine, la pelota siempre pegada al pie, llegó hasta la ventanilla, compró su boleto, se pasó al vendedor de embelecos, le hizo una finta al portero, entró por el pasillo central hasta la tercera fila de la platea, en donde halló a su mujer en brazos de uno de los acomodadores, quien, al parecer, señora, señor, le estaba haciendo respiración boca a boca, se devolvió entonces a la cancha el Cachetón Trujillo y, desde fuera del área, de un rabioso y furibundo puntete, hizo inflar las redes en un gol colosal, un gol fenomenal, un gol electroencefalogramático, señoras y señores».

Aquella vez el Cachetón Trujillo, quien desde la cancha oyó toda la narración —que la galería celebraba alborozada—, al terminar el partido se vistió rápido y no fue a festejar con el resto del equipo, sino que partió directo a su casa. Al no hallar a su mujer se dirigió al cine, en donde la halló en brazos del más joven de los acomodadores, uno al que apodaban el «Cine-Amor», que era el nombre de una revista de fotonovelas. Al día siguiente el hombre pidió su cancelación en la compañía y se echó a volar para siempre del campamento.

¡Escuchen, amables oyentes, pacientes de la pampa toda, aquí está Cachimoco Farfán, su locutor amigo, para darles una noticia recién salida del quirófano, y es que me acaban de informar que en estos precisos instantes, cuando el reloj de la pulpería marca la una y media de la tarde, acaba de arribar la góndola que trae a la comitiva de los Cometierra, de modo que ahora mismo, mientras les hablo, estoy abandonando la cancha para ir personalmente a enterarme de los detalles y contárselos en cuerpo presente, y aquí vamos entonces, amigos y amigas, enfermitos y enfermitas de la pampa, aquí vamos caminando y transmitiendo para ustedes las impresiones que recogemos al paso, aquí vamos llegando ya a la primera calle del campamento y, muerto de sed, transpirado como caballo de paco, me detengo en la casa signada con el número 430 de la calle 18 de Septiembre a pedir un vaso de agua, y sale a atenderme a la puerta la señora Alicia, hermana del Tuny Robledo, la que amable y cordial, como son todas las mujeres pampinas, me trae una jarrada grande de ulpo que me mando al gaznate como si fuera un empampado, y luego de darle las gracias sigo mi camino hacia la calle principal, contándole a ustedes todo cuanto veo, oigo, huelo y siento en este día inolvidable para todos los coyinos, y mientras camino déjenme decirles que las calles se ven completamente vacías, me imagino

que será porque la gente debe estar reunida en las afueras del Rancho Grande; pero aguarden, no todo está desierto, porque en estos instantes, por la esquina de la calle Carrera, acaban de aparecer los cuatro electricistas del campamento, quienes, ajenos al rebullicio de la fiesta, caminan hacia el Rancho Huachipato, caminan en silenciosa procesión a tomarse, creo yo, la decimoquinta caña del día, ¡fenilanina hidrolasa y la purga que los parió!, y ahora, más allá, atravesando la calle O'Higgins veo venir al Conde, el cristiano del aparato reproductor más grande de la pampa, y tengo que darle la pasada y poner el poto contra la pared, porque este jetón es más peligroso que el tétano, más peligroso que el bacilo de Koch, y ahora aparece un grupo de mujeres que vienen comentando el barullo de gente que hay en la calle principal, me acerco a ellas, les pongo el micrófono en la boca y les pregunto gentilmente qué les parece a las bellas damas lo del último partido que se jugará contra los Cometierra, y ellas, riendo como brujas en día de carnaval, arrancan de mí como si tuviera la lepra, mando a la cresta entonces a estas viejas cara de enemas y apuro el tranco, amables radioescuchas, porque ahora mismo, mientras me acerco a la calle Balmaceda, me llegan a los oídos los acordes marciales de una banda de guerra que ha empezado a tocar y que debe ser la de nuestra escuelita, pero justo frente al cine me sale al paso el gangoso Solercio, este estreptococo gotoso que anda todo el día rascándose las pelotas y mostrando sus fajos de billetes mientras se jacta de lo bien que le va en su cochino negocio de venta de comida y alcohol, y como acostumbra a hacer siempre que me ve, este ácaro de la sarna me da un manotazo en la cabeza y me manda a trabajar,

¡qué se habrá creído este otopiorrento cara de tumor ovárico, hediondo a vómito estercoráceo!, perdonen las malas palabras, amables oyentes, pacientes míos, pero este estreptococo gotoso mucomembranoso le gusta hacerme enojar y agarrarme para el reverendo chuleteo, por no decir una palabra más sifilítica, y bueno, después de este pequeño percance, después de este corte en la transmisión, retomo mi relato para contarles que ya estoy en el lugar de la noticia, he llegado a las afueras del Rancho Grande y aquí está la escoba: una verdadera horda de Cometierra ha tomado por asalto nuestra calle del comercio y ha invadido cada uno de los boliches, si hasta el bazar del Sordo Moya, donde siempre penan las ánimas, ahora está abarrotado de gente, y las mesas de la pastelería Ibacache están repletas de integrantes de la barra cometierra que hacen zumbar la chancha con los discos de Sandro y Cecilia, y para qué decir de los locales de expendio de bebidas alcohólicas, ésos ya están hasta las cachas de borrachos babosos, pero lo más preocupante de todo, señoras y señores, es que estos conchas de sus ganglios linfáticos, además de comérselo y tomárselo todo, miran con ojos de lobo hambriento a cada muchacha coyina que pasa por su lado, ¡Cometierras otopiorrentos, hijos de la púrpura trombocitopénica trombótica!

V

El viernes sobrevino un desastre que nos sorprendió y asustó a todos, un cataclismo de esos que se ven cada cien años en el desierto: un intempestivo temporal de lluvia, granizos, truenos y relámpagos. Suceso que para los más ancianos vino a confirmar que la paralización del campamento ya era cosa irremediable, pues desde siempre era sabido que el acaecimiento de algún trance insólito en la pampa era señal inequívoca del desaparecimiento de una oficina.

Por la mañana el cielo amaneció totalmente cubierto, y un día así en estas latitudes ardientes constituía motivo de regocijo general. El fresco toldo de nubes y la humedad del aire ungiendo el árido paisaje de piedras, nos hizo flamear el ánimo y olvidar un poco la tristeza que en los últimos días nos abollaba el espíritu.

Por lo menos durante el transcurso de la jornada.

Las mujeres, recordando sus invernales días en los sures natales, comenzaron a disponer la harina, el zapallo y la chancaca para hacer sus sopaipillas pasadas por almíbar; los hombres se consiguieron un balón donde fuera y como fuera y armaron una frenética pichanga que se extendió hasta más allá de la hora de almuerzo. En tanto, los niños, escabulléndose jubilosos de sus clases, se juntaron en vivaces patotas y se fueron de excursión a las calicheras viejas a matar lagartos con sus hondas de algarrobo, a fumar su primer cigarrillo a escondidas y a organizar las clásicas competencias de macacas.

Aunque el campamento entero despertó animoso esa mañana, la corrida de casas que se llevaba el premio mayor en cuanto a la algazara y el rebullicio de sus vecinos era «la corrida de los siete pecados capitales». Pero allí no era precisamente la frescura del día la causante del alboroto, sino dos hechos individuales que los madrugadores descubrieron esa mañana y cuya noticia corrió como una peste por los callejones.

En Coya Sur, como en el resto de las oficinas salitreras, se daban casos y coincidencias que a todas luces parecían inverosímiles. Era difícil de creer, por ejemplo, el hecho real de que en la oficina Alianza existiera un equipo de fútbol cuya defensa imbatible estaba compuesta nada menos que por tres de los más grandes héroes de la mitología universal: el número dos se llamaba Aquiles; el tres, Odiseo, y el de la camiseta con el número cuatro, Hércules (Hércules Zorricueta).

Lo más extravagante de todo, sin embargo, era lo que los viejos contaban en las fondas de la oficina, no sin un dejo de astuta ironía en sus palabras: que Aquiles no pudo seguir jugando más a la pelota por una lesión a uno de sus talones.

No menos inverosímil era el par de coincidencias que se daban aquí mismo, en nuestro propio campamento. La primera, que en el pasaje de solteros los vigilantes de los tres turnos llevaran los nombres de los tres máximos guerreros araucanos que cantaba la historia de Chile: Galvarino, Lautaro y Caupolicán.

Y que, además, el pasaje mismo se llamara Caupolicán.

La segunda tenía que ver con la famosa corrida a la que el ingenio popular había bautizado como la de «los siete pecados capitales». Pasaba que allí, acaso por pura bellaquería del encargado de repartir las casas, o tal vez por el ingenuo y espontáneo arte de la casualidad —«Licencias poéticas que se da a veces la Divina Providencia», decía don Celestino Rojas, poniendo expresión de vate laureado—, habían quedado como vecinos contiguos: doña María Marabunta, el Fatiga Gutiérrez, Felipe el Triste, el Gringo Boliviano, la Cara de Pichí, doña Doñita Mamani y la Loca Maluenda.

María Marabunta, la matrona más gorda del campamento, no había ni que decirlo, era la representante indiscutida del pecado de la gula. El Fatiga Gutiérrez, un vigilante de rostro cadavérico y vientre convexo, era la personificación misma de la pereza (se contaba que en un turno de noche unos bromistas levantaron el colchón de sacos en donde el Fatiga dormía a pata suelta y, desde la planta, lo trasladaron sigilosamente hasta el campamento y lo dejaron en medio de la calle, frente a la pulpería). Felipe el Triste era un ex integrante del Ejército de Salvación, que vestía siempre la misma ropa —un andrajoso uniforme de su ex ejército eclesiástico—, y que como prestamista y usurero devenía en fiel representante de la codicia: todo el mundo llegaba a empeñarle la tarjeta de suple, tanto así que los jueves se veía más gente a la puerta de su casa que en la propia ventanilla de pago. El Gringo Boliviano era un jefe de turno que simbolizaba soberbiamente a la soberbia: era pequeño, moreno y con facciones altiplánicas, pero se creía gringo; fumaba sólo cigarrillos importados que adquiría a precio de oro en los barcos de Tocopilla y no le dirigía la palabra a nadie de menor rango que él. La Cara de Pichí era una mujerota de gesto avinagrado y un frunce cruel en los labios que interpretaba la ira de forma magistral; a toda hora del día insultaba a su marido y golpeaba a sus hijas, y se había peleado con medio campamento. Doña Doñita Mamani era la encarnación de la envidia; se trataba de una mujercita sigilosa y averdinada, de miradita huidiza y mechitas de muñeca vieja, que hablaba todito en diminutivo y que acostumbraba a mirar por las ventanas de las casas para ver qué muebles tenían fulanita y zutanita y de cuáles carecían. Y la descocada y concupiscente Loca Maluenda, por supuesto, no podía representar otro papel que el de la lujuria, rol que por sus sobrados méritos carnales, ganados en buena lid, nadie en el campamento le podía discutir. Precisamente, con la persona de la Loca Maluenda tenían que ver los dos rumores del día.

El primero era que esa mañana, temprano, alguien había visto salir de su casa, por la puerta del callejón, nada menos que al propio Expedito González. Según se contaba a boca llena en las filas de la pulpería, aquello se veía venir hacia rato, ya que la Loca Maluenda, usted sabe, pues, comadrita, en cuanto se enteró de lo del testículo gigante del artista de la pelota comenzó a hacerle ojitos de manera descarada. Es que ella, vecinita linda, era una hembra que tenía predilección por los esperpentos y deformes, tanto así que las malas lenguas decían por ahí —y las buenas lo repetían con entusiasmo— que en la extensa lista de machos que habían pasado por su cama estaban —sólo por nombrar a los más connotados— el Conde, el jefe de la pulpería y el loco del tarro. Que con el Conde, por cierto, lo hizo atraída por la leyenda inquietante de su miembro descomunal; con el jefe de la pulpería, nada más que por sentirse aplastada por la mole de su mórbida gordura de paquidermo (en kilos y adiposidades sólo era aventajado por doña María Marabunta), y que al loco Cachimoco Farfán se lo había fornicado con la única y perniciosa intención de saber qué «cosita» se sentía tener a un «loco de manicomio» metido entre las piernas. Y algo que en el último tiempo se venía comentando mucho en el campamento —«no se lo diga a nadie, vecinita, por Dios»— era que la Loca se había acostado también con Gambetita, el minusválido cosedor de pelotas y campeón invencible en el tablero de damas. Según contaban sus amigas más íntimas, esa «barbaridad espantosa de meterse con ese pobre cristiano discapacitado» la había hecho nada más que para hacerle quitar sus zapatitos ortopédicos y verle desnudos sus pies deformes.

En el salón del sindicato, algunos viejos reclamaban en voz baja que ahí estaba la madre del cordero, pues gancho, que por eso este cabrón de Gambetita a veces se dejaba vencer por Tarzán Tirado. Sin embargo, ellos no sabían que la propia Loca Maluenda me lo había pedido como favor especial, y yo no pude negarme de ninguna manera; primero, porque a esa bestia de mujer no se le podía decir que no, y segundo, por cómo, dónde y en qué momento me lo pidió. «Llegaría a casa tan contento el pobrecillo si lograra ganarle una partida delante de sus amigos», me dijo, mirándome desde abajo y con una expresión de ternera insaciable en sus ojos claros.

El segundo rumor salió un poco más tarde, casi a media mañana, de la casa del prestamista.

Este rumor, además de hacer bramar de furia a la Loca Maluenda, nos enardeció de coraje a todos los coyinos de corazón. Resultaba que Felipe el Triste (que sufría de hemorroides crónicas, como todos los usureros) fue visitado esa mañana por el médico de María Elena, y, según contaba su hermana, una ancianita curca que vivía con él y que el cabrón explotaba como empleada de tiempo completo y sin sueldo, el doctor le confidenció que Tarzán Tirado, el arquero de nuestra selección, no había sufrido ninguna fractura.

—Lo que ocurrió —dijo el facultativo, un joven llegado hacía poco a la pampa— fue que lo enyesaron para que no jugara el partido de revancha.

Y que todo había sido idea del entrenador de los Cometierra, ese cabrón arribista que los sábados jugaba tenis y bebía whisky con el administrador de la oficina, y que cada tarde se paseaba ostentosamente por las calles de María Elena en compañía de sus dos grandes perros pastores alemanes.

Desde su llegada al campamento, Tarzán Tirado se había convertido en un personaje entrañable, y, por lo mismo, todo el mundo se sintió tocado por el episodio. Él era uno de esos guardametas alocados que en un partido pueden atajar un aerolito si va en dirección al arco, y en el último minuto les convierten un gol digno de un idiota congénito. Aunque nadie lo creía a la primera, Tarzán no era un apodo sino su nombre real. Su padre, un admirador fanático de Johnny Weissmuller, no halló mejor manera de homenajear a su ídolo que bautizar a su primogénito con el nombre de leyenda del personaje que lo hizo famoso; aunque sus movimientos, su figura y sus facciones —lo jorobaban sus amigos— iban más por el lado de la mona Chita que por el del Rey de la Selva. Es que nuestro arquero, además de ser peludo en extremo, tenía los brazos largos como un simio y las palmas de las manos tan grandes que a veces se daba el lujo de cortar un centro apañando la pelota con una sola de ellas. «Las manos de mi marido son las únicas capaces de contener mis tetotas», solía decir, muerta de risa, la Loca Maluenda.

Cuando Tarzán Tirado llegó a trabajar al campamento y le preguntamos si jugaba fútbol, sólo movió la cabeza de arriba a abajo. Pero cuando quisimos averiguar en qué puesto jugaba, estalló en un rapto de cólera y, gesticulando desaforadamente como los monos, dijo que si acaso le veíamos otra pinta que no fuera de arquero. Y tenía toda la razón del mundo. Uno lo miraba y sabía al tiro que no podía ser más que arquero.

Tarzán Tirado era el tipo menos gregario que existía. Decía que de niño eligió jugar de guardavallas porque éste vestía distinto a sus compañeros, porque tenía el número uno, porque nadie le daba órdenes ni lo mandaba a jugar a otro lado, porque era dueño absoluto de su puesto, y porque jugaba solo: si le hacían un gol tonto, la vergüenza era sólo suya; y si atajaba un tiro imposible, la gloria era toda para él.

Entre sus rarezas estaba la de no persignarse jamás antes de entrar a la cancha, y no porque no creyera en Dios, sino porque todos lo hacían. «Yo no soy como todos, pues, ganchito», decía golpeándose el pecho. «Yo soy Tarzán Tirado». Cuando todos en la pampa se dejaban el pelo largo y se peinaban a lo Beatle, él se puso gomina y se hizo una raya en el medio, al estilo de los actores de las películas mudas. Además, era campeón de twist (baile autónomo por excelencia). Aunque era de dominio público que en la casa su mujer lo mandaba como a un perrito huacho, en la cancha, donde a nosotros nos importaba, se imponía siempre con sus gritos y sus órdenes impartidas con personalidad.

Sin embargo, su característica principal como arquero, y que lo convertía en un verdadero espectáculo para la gente, era el aullido al estilo del Tarzán de las películas que se mandaba a los cuatro vientos cada vez que se venía un ataque del equipo contrario, y los juegos y payasadas que inventaba bajo los tres palos para hacer mofa de los adversarios.

Memorable fue aquel partido contra los Cometierra, cuando, para burlarse de las pocas llegadas a su arco —nuestro equipo estaba a favor del viento—, se quitó su suéter negro, lo amarró por las mangas al travesaño a guisa de trapecio y, para deleite del público, se puso a esperar la pelota columpiándose y haciendo estrafalarias maromas de mono de circo. Al final del partido se lo llevaron preso. Y es que a cargo del equipo de María Elena venía aquella vez un teniente de carabineros que dio orden de que, apenas terminara el encuentro, detuvieran a ese mono figurón, se lo llevaran al cuartel y le hicieran limpiar el culo a la dotación completa de caballares.

Por la tarde de ese viernes, la brisa de la mañana se trocó en un viento helado y cortante. La humedad en el aire se podía sentir y respirar como pocas veces ocurría en la pampa. El cielo, siempre alto e incandescente, ahora, abochornado de nubes del color de los trenes de carga, colgaba a un palmo de nuestras cabezas.

Acatando la idea del rayador de cancha, poco antes de que los buses pasaran desde Antofagasta hacia María Elena, nuestra selección se puso a hacer su primer entrenamiento en la calle Balmaceda. Como la arteria era ancha y de tierra, y constantemente allí se estaban efectuando competencias de futbolito infantil, a nadie le extrañó mucho que el equipo se la tomara para entrenar. A Expedito González lo vistieron con los colores amarillo y blanco y lo pusieron a hacer sus maromas junto a los demás integrantes, cuidando que quedara bien a la vista de todos. Mientras tanto, Cachimoco Farfán, tarro en ristre, instalado en la vereda, cerca de la agencia de buses, echaba mano a sus mejores elogios y metáforas para hacer su relato.

Cuando llegaron los buses, primero el Expreso Cóndor y luego el Flota Barrios, sucedió exactamente lo que todos esperábamos que sucediera. Los pasajeros, desde las ventanillas, miraban asombrados las peripecias de ese jugador que es un verdadero genio, paisanito, mire usted las piruetas endemoniadas que hace con la pelota. Mientras,

Cachimoco Farfán se deshacía en loas relatando las maravillas de «¡este verdadero astro del balompié, este doctor Barnard del fútbol, vean ustedes, amables espectadores, con qué técnica trasplanta la pelota de un lado a otro!».

Algunos no aguantaban la curiosidad y se bajaban a mirarlo más de cerca. Mientras de más cerca lo miraban, más asombroso lo hallaban. De modo que esa tarde llegaron a María Elena contando a todo el mundo que los Comemuertos tenían un jugador nuevo que era una verdadera fiesta verlo maniobrar con la pelota, y que nadie sabía de dónde cresta lo sacaron. Y acordándose de los epítetos de Cachimoco Farfán, repetían como loros que Expedito González («que es como dicen que se llama ese cabrón, compañeros») era «¡un portento, señoras y señores, mejor que el rey Pelé, mejor que el chueco Garrincha, mejor que el pelado Di Stéfano, mejor que todos esos piogénicos juntos, como ustedes mismos lo ven y como lo verán en el partido del domingo, señoras y señores, en donde les vamos a hacer una purga de goles a los Cometierra papulosientos!».

Fue poco después de que los buses siguieran camino a María Elena, que comenzaron a caer las primeras gotas. Muchos al comienzo se alegraron de esta lluvia benéfica y, felices y nostálgicos, se paraban en camiseta a la puerta de sus casas a ver caer el agua que era absorbida en un tris por la sequedad tutelar de la tierra; mientras, los niños, alborozados, haciendo rondas en medio de la calle, se mojaban felices de la vida cantando «¡que llueva que llueva, la vieja está en la cueva!».

Sin embargo, pasados unos instantes, para sorpresa de todo el mundo, cuando muchos no terminaban aún de acomodarse en puertas y ventanas con un mate cebado en la mano, y los penecas a pies descalzos todavía no llegaban a la mejor parte de la canción, en donde «¡los pajaritos cantan y la vieja se levanta!», esas primeras gotas felices se convirtieron en gruesos goterones de una alarmante lluvia que muchos no veíamos desde niños, allá por los verdes campos de la patria. De pronto, para asombro nuestro, en menos de lo que canta un gallo teníamos sobre nosotros una sobrecogedora tormenta eléctrica con rayos, truenos y relámpagos.

Pero eso no fue todo. Porque después de los primeros minutos de zozobra, mientras mirábamos al cielo como si fuera un cósmico telón de cine, tras un momento de engañosa calma, una súbita negrura cubrió el cielo por los cuatro costados. Enseguida, sin ninguna solución de continuidad, se descargó una lluvia de granizos del tamaño de una perilla de catre de bronce, proyectiles que al chocar contra las calaminas de los techos producían un estrépito apocalíptico.

Ahí la gente comenzó a asustarse de adeveras. A los fogonazos de los relámpagos, al fragor de los truenos, a la sonajera de los granizos en las planchas de zinc, se unió el aullido de los perros, el berrido de los niños llorando en brazos de sus padres, los gritos de sus padres tratando de calmarlos y los ayes de las mujeres que salían de las casas santiguándose y golpeándose el pecho con contrición, pensando que aquello era mismamente el acabo del mundo, ¡comadre, por Diosito santo!

Como siempre, para acentuar más aún el temor y el sobrecogimiento, y echarle más leña a lo calamitoso de la situación, el atrabiliario hermano Zacarías Ángel se apareció predicando y apostrofando en medio de la torrencial lluvia.

Cubierto con un oscuro poncho campesino, el evangélico agorero se puso a recorrer las calles embarradas, exhortando Biblia en mano, con gestos y palabras de profeta del Antiguo Testamento, que este era, pecadores y pecadoras, el anunciado diluvio universal mandado por la ira de Jehová Dios a los impíos de corazón y a los impuros de conciencia.

La tormenta no duró más de una hora. Pero de todos modos resultó catastrófica. El agua se coló por la constelación de agujeros de cada una de las calaminas de los techos, llenando todo de barro y causando grandes estragos en nuestros exiguos enseres. Y como, además, en la pampa las instalaciones eléctricas no estaban hechas para esos avatares climáticos —no por nada el desierto de Atacama era el más seco del planeta—, y bastaba una mínima llovizna para causar daños en el sistema y producir cortes de luz en las casas y en el alumbrado público, esa noche, por supuesto, el mundo entero se quedó en tinieblas.

En la negrura de la calle todo era confusión y desbarajuste. Entre la gente que andaba a los resbalones en el barro comprando velas y fósforos de urgencia, y los padres que buscaban a sus niños perdidos, y las parejas de enamorados que usufructuaban de lo lindo de la oscuridad regalada —las antiguas y las formadas para aprovechar las circunstancias—, se podía ver las siluetas inconfundibles de los cuatro electricistas del campamento que, con escaleras y linternas en mano, recorrían las calles de arriba abajo revisando las panas, reponiendo ampolletas y puteando de lo lindo contra esta lluvia de mierda que siquiera hubiese sido de vinito tinto, paisano, ¿no le parece a usted?

Después de tres horas de apagón, una vez repuesta la energía eléctrica, las calles se llenaron de grupos de gente alborotada comentando lo insólito de la tormenta. En el salón grande del sindicato el tema era el mismo. Dejando de lado cada uno de los juegos, todos hablábamos y comentábamos sobre la lluvia; pero lo hacíamos en tono bajo, casi bisbiseando, como cuidando de no despertar de nuevo las fuerzas de la naturaleza. O la ira de Dios, como seguía gritando, empapado de pies a cabeza, el hermano Zacarías Ángel en la esquina de la cancha de rayuela.

En esas estábamos, contándonos cada uno los perjuicios y trastornos sufridos en nuestros hogares, cuando, desde una de las piezas interiores de la casa sindical, pisando fuerte y despotricando a voz en cuello, irrumpió la Colorina. Detrás venía el Fantasista tratando de calmarla y dando tosecitas de disimulo frente a los que nos hacíamos los desentendidos, pero que no perdíamos detalle de la situación.

Tras hacerle una feroz escena de celos, y de insultarlo con las palabras y el tono de las más perdidas putas del puerto, se encaminó a la calle por entre las mesas de juego llevando sus pocas pertenencias a la rastra. El rumor de que el hombre había pasado la noche con la Loca Maluenda —ella acababa de enterarse— le sirvió de pretexto para reñirlo y abandonarlo, ahora sí que sí, cariño, y para siempre.

—¡Si ayer me estaba yendo contigo era de pura lástima! —le escupió desde la puerta, antes de salir.

Nadie supo esa noche para dónde se fue la mujer, pero todos hubiésemos apostado la cabeza a que amanecería durmiendo en el camarote de soltero del California.

Esa noche, el Tuny Robledo, aprovechando la coyuntura del apagón, se fue por los callejones de la calle O'Higgins a ver a Marilina. Siempre tenía que verse a escondidas con ella.

Aunque la madre estaba al tanto del romance de su hija, y le emocionaba y encabritaba la sangre ser su cómplice, ambas eran conscientes de que debían de tratar por todos los medios que no se enterara el padre.

Y es que el presidente de la Asociación de Fútbol —que cagaba hostias y meaba agua bendita— cuidaba a su hija menor como «el más grande tesoro que me ha dado la Virgencita en esta vida», y casi nunca la dejaba salir sola. Menos aún a los malones de los sábados por la noche. De modo que el joven centrodelantero tenía que ingeniárselas de mil maneras para verla unos momentos a escondidas. Hasta en el mismo cine debía de llevar a cabo una serie de peripecias, coaligado con porteros y acomodadores, para sentarse a su lado y tomarle la mano.

Sin embargo, don Celestino Rojas podía ser muy santurrón, según contaban sus compañeros de trabajo, pero no pecaba de tonto, y sabía muy bien que al número nueve de la selección se le hacía agua el corazón por su hija. Que la andaba rondando hacía ratito. Y aunque admiraba al muchacho como jugador de fútbol —«mientras los demás juegan en prosa, tú lo haces en verso», solía decirle públicamente y en tono paternal—, de todos modos no los dejaba verse, y andaba siempre «al cateo de la laucha».

El Tuny Robledo llegó hasta la casa de Marilina con los zapatos pesados de barro. La lluvia había disuelto la sal de la tierra y las calles estaban convertidas en un lodazal de chiquero. En contraste, las calaminas de los techos, de tan lavadas que quedaron, reflejaban el fulgor de la luna asomada por los claros de las últimas nubes rezagadas.

Era una luna grande, fulgente, explicitada bellamente por la oscuridad total en que quedó sumido el campamento.

Tras varios silbidos acordados de antemano, la niña se asomó por la puerta de las cocinas. En la penumbra del vano, luego de besarlo con dulzura, Marilina le dijo que lo lamentaba mucho, cielito mío, pero tenía que entrarse de inmediato. Su padre se hallaba en la puerta de calle conversando con los vecinos y en cualquier momento podía entrar y llamarla. Pero que mañana su viejo se iba a la ciudad de Antofagasta y no volvería hasta el domingo; de modo que tendrían todo el día para ellos.

Sin querer destrenzarse de sus brazos, Marilina lo besó de nuevo, y, antes de entrar y cerrar la puerta despacito detrás suyo, le susurró al oído que le tenía una sorpresa: mañana le daría la «prueba de amor». Se lo prometió temblando.

El Tuny Robledo quedó estupefacto.

Un palo en la cabeza no lo hubiera dejado más atolondrado. Su corazón era un balón de fútbol inflado a presión y botando fuerte contra su pecho. Caminaba por la calle como pisando en el aire, sintiendo lo mismo que en la cancha cuando, tras sortear a dos o tres jugadores, avanzaba hacia el arco sin sentir el cansancio, sin sufrir el clavo en el zapato, sin oír los gritos y la aclamación de la tribuna, como si fuera corriendo por un campo insonorizado, como si en el mundo entero sólo existieran él y la pelota. Eso mismo sentía ahora mientras avanzaba por las sombras del callejón, sin esquivar el barro. En el mundo sólo estaban él y su corazón del número cinco. No podía creerlo. Mañana haría el amor por primera vez. Y con Marilina, nada menos. Desde mañana dejaría de ser un «perico pajero», como decían sus amigos. Tenía que contárselo al Choche Maravilla. Él tenía que aconsejarlo. Él tenía que decirle cómo cresta se hacía del mejor modo posible, cuál era la mejor postura.

Sin embargo, una hora más tarde, ya repuesta la luz en las casas y en los postes del alumbrado público, sentados en un escaño de la Plaza Redonda, su amigo lo agarró para el reverendo pitorreo. Antes que nada, le dijo, ya que por fin iba a mojar el pincel, él le iba a enseñar los tres trucos mágicos para que se le viera más grande el que te dije.

—¡Porque no creo que seas un segundo Conde! —le espetó muerto de la risa.

Los trucos eran los siguientes, que pusiera atención: uno, cortarse los pelitos alrededor del tronco, dejarlo como cogote de pavo. Dos, cuidar de que la susodicha lo observara siempre de perfil.

Y tres... Aquí el Choche Maravilla, siempre el primero en reírse de sus chistes, explotó en carcajadas que casi no lo dejaban hablar.

—¡Y tres, Tunito, por la cresta, buscarse una novia que tenga las manos chicas!

El Tuny Robledo, ni se rió ni se dio por ofendido. Aún estaba como embobado.

Que no fuera papanatas, le dijo luego su amigo. ¿O acaso creía que eso se aprendía en cursos por correspondencia? El cuerpo sabía perfectamente lo que tenía que hacer. Funcionaba solo. Era cosa de la naturaleza.

—Es lo mismo que patear un penal —le dijo—. Tú apunta bien y tira. Lo demás es la gloria.

Después, ya en tono más serio, le preguntó si quería mucho a la Marilina.

—Con un amor eterno —dijo el Tuny Robledo, y al instante se arrepintió de haberlo dicho.

—A mí los amores eternos me duran exactamente dos meses y medio —se burló sarcástico su amigo.

Después, cambiando de tema, el Choche Maravilla le contó su plan para llevar a efecto la cábala acostumbrada: los dos polvos la noche antes del partido.

Esta vez tenía que ser con una cometierra.

Que lo había venido craneando durante toda la semana, desde que se dio cuenta de que el día de los muertos iba a caer justo en la víspera del partido. Como las calles del campamento se llenarían de niñas de visita al cementerio, habría mucho ganado de donde escoger. Pero la elegida tendría que ser de características especiales. Una que fuera a todas las paradas, pues, además de seducirla y conquistarla, debía convencerla de que se quedara con él hasta la noche.

—Si es necesario le juraré amor eterno —dijo riendo.

Además, como se trataba de un partido muy especial, la cábala tenía que cumplirla también de manera distinta. No en los callejones y a la paraguaya, como lo hacía comúnmente; ni en la cama de piedra, detrás del estadio de básquetbol, como lo hizo otras tantas veces (además que ahora estaría hecha una mierda con la lluvia). No, ahora tenía que ser en la misma cancha de fútbol. Pero ni en los camarines ni sobre la mesa de control, como también lo hizo en más de una oportunidad, sino dentro del terreno de juego. De ser posible, en el arco oeste, donde había convertido «los mejores goles de mi carrera futbolística». Voltearía a la cristianita en el punto penal y, desde ahí —esto era lo genial de la idea—, la iría empujando y arrastrando a puras embestidas hasta meterla dentro del arco.

—O sea, viejito —le dijo con un brillo cínico en la mirada—, tengo que hacer con ella algo así como un «polvogol».

Por supuesto que para llevar a cabo tal hazaña debería encontrar una hembra que aperrara de verdad, una cometierra a la que le gustara la perinola más que las películas de charros.

En el sindicato, en tanto, pisando sacos mojados y chocando con recipientes para las goteras, nosotros saboreábamos unas sopaipillas hechas en un dos por tres por la mujer del Pata Pata. Mientras comíamos y tirábamos líneas en la conformación del equipo que entraría a jugar el domingo (en verdad, no había mucho de donde escoger), Expedito González, sentado en un rincón de la sala, sin pronunciar una sola palabra, sólo se limitaba a oír las discusiones y las bromas de cada uno de los presentes.

Con la desolación marcada en su rostro de indio (la Colorina aún no daba señales de vida), giraba la pelota entre sus manos, escudriñando los pelones, arañazos y rasmilladuras de sus cascos con la atención concentrada de un cartógrafo estudiando islas, fiordos y bahías en un globo terráqueo; ocupación que sólo interrumpía para mirar ansiosamente a la puerta cada vez que alguien llegaba.

A eso de la medianoche se apareció don Benigno Ramírez. El anciano nos traía de regalo tres botellas de pisco de cuarenta y cinco grados. Dijo que venía nada más a acompañarnos y a conversar un rato. Pero la pretensión del hombre era ser designado como árbitro para el partido. Tuvimos que explicarle que, dada la importancia y las características especiales que revestía este encuentro, las autoridades habían decretado árbitros neutrales. Y que éstos vendrían de la oficina Pedro de Valdivia.

Cerca de la una de la mañana, estimulados por los grados de alcohol, ya teníamos la alineación del equipo casi resuelta. A la espera de lo que pasara con nuestro arquero titular (se rumoreaba que la Loca Maluenda andaba fraguando un plan para rescatar a su esposo del hospital de María Elena), y tomando en cuenta que el Chambeco Cortés, nuestro máximo artillero, aún no mejoraba de su rodilla, la alineación del equipo quedó conformada de la siguiente manera:

Al arco —aunque se enojara el Paco Concha— jugaría el Cojo Villagra (lo de cojo, porque era el operador del cine). Como defensas entrarían a jugar, de número dos el Plinio Gatica, de tres el Crispeta Mundaca y de cuatro el Indio Maravolí. En la línea media jugarían, de cinco el Nelson Rojas y de seis el Catuna Ramírez. Y el quinteto de atacantes serían: de *wing* derecho el Lauchita Castillo, de ocho el Pe Uno Gallardo, de nueve el Tuny Robledo, de diez el Choro Contreras y de *wing* izquierdo el famoso Chiquitín, más conocido como el Wing Fantasma, un jugador pequeñito que corría sacando pecho como los gallitos castizos, y que cuando arrancaba pegado a la raya no lo paraba nadie.

En el banco de suplentes quedarían el Paco Concha, el Choche Maravilla y el California.

La inclusión del cantor gitano como reserva de la selección indicaba claramente que, en cuestión de jugadores, en Coya Sur ya no quedaba mucho de donde escoger. Según opinábamos todos sus amigos, los mejores partidos del California los había hecho cantando en la banca. Todo el mundo estaba tan acostumbrado a verlo de suplente en el club por el que jugaba, que un domingo, en un partido de suma importancia, el Chuleta Díaz, su entrenador, lo dejó en la banca sin darse cuenta de que en la cancha el equipo estaba jugando con sólo diez jugadores. «¡Este California, señoras y señores, es más malo que un estafilococo!», exclamaba Cachimoco Farfán en sus transmisiones a la orilla de la cancha las pocas veces que lo hacían jugar (sólo en los últimos diez minutos de partido, y siempre y cuando el equipo fuera ganando catorce goles a cero).

Además de la conformación del equipo, esa noche quedaron delineadas todas las tretas y artimañas para vencer el domingo. ¡Todo era válido para ganar este partido, carajo!, rezongábamos con el ánimo espiritoso de pisco. El Pata Pata, influido por las películas de indios que le gustaban tanto, comenzó a gritar que había que desenterrar el hacha, mierda. Convertir nuestra cancha en una especie de territorio comanche. «¡Hay que hacer oír los tambores de guerra en toda la comarca!», decía. Mientras, Agapito Sánchez, más conciliatorio, no hacía sino repetir la macarrónica frase que en los camarines, antes de cada partido, solía recalcar a sus jugadores: «Lo importante, muchachos, no es que ellos pierdan, sino que ganemos nosotros».

Una de las tretas o artimañas convenidas era programar el partido para las cuatro de la tarde, hora en que comenzaba a soplar el viento más fuerte y tierroso de la pampa. Como ellos estaban acostumbrados a jugar en su estadio cerrado, y de noche (con luz artificial, como los profesionales), eso los encabronaría sobremanera.

Otra era lesionar de entradita al Pata de Diablo, quebrarlo en tres si fuera posible, para que los cabrones lo enyesaran entero, ya que les gustaba tanto hacerlo. Si no era posible, por lo menos jugarse el pellejo en cada jugada para evitar que el mastodonte usara el cañonazo de su derecha.

Los designados para darle leña fueron el Crispeta Mundaca y el Catuna Ramírez, los pesos pesados del equipo. Y en tercer lugar, aunque nosotros no creíamos en brujos, Garay, se acordó por unanimidad impedir de cualquier modo que el viejo mufoso de don Celestino Rojas asistiera ese día a la cancha. Sabíamos que el presidente de nuestra Asociación Deportiva, como acostumbraba a hacer cada año, viajaría el sábado a Antofagasta a ver a sus padres sepultados en el cementerio de esa ciudad. Pero había prometido volver el domingo por la mañana. Por lo tanto, lo que teníamos que hacer era contactar a alguien en las agencias de buses para que no le vendieran el pasaje de vuelta sino hasta el lunes.

En un momento dado, el taciturno rayador de la cancha —ya pasado de copas—, luego de repetir por enésima vez su famosa fracesita: «calma y tiza, muchachos, los piojos se matan de a uno», dijo que lo otro que se podía hacer era conseguir el camión regador y mojar el campo de juego para que la tierra se endureciera y cada costalazo doliera como la puta madre. Como ellos, los pituquitos de mierda, estaban acostumbrados a jugar en la tierrita suave de su estadio, terminarían corriendo y jugando con más cuidado que unas madres superioras.

Embalado en su perorata, sintiéndose el hombre de la situación, puntualizó con lengua traposa: —Tal como hicimos aquella vez, ¿se acuerdan, muchachos?, cuando vino a jugar la selección de la oficina Alianza, y los tipos se fueron más despellejados que chancho en fiestas patrias.

Todos nos quedamos mirándolo fijo. Primero con una ternura infinita (al parecer, el pobrecito envenenador de perros ya había olvidado el diluvio que nos acabábamos de mamar) y luego agarrándolo directamente para el payaseo. Al final, el Pata Pata, en socarrón tono mediador, le dijo que la idea no estaba del todo mal, viejito casposito, pero que él tenía otra mejor: que esa misma noche, en misión secreta, como en las películas del agente 007, se fuera a María Elena a darle de comer de sus albóndigas con estricnina a los dos pastores alemanes del entrenador de los Cometierra, en venganza por haber hecho enyesar a nuestro arquero.

En medio de la risotada general, don Silvestre estimó que en verdad no era una mala idea.

—¿Se imaginan cómo quedaría la moral de ese hijo de puta si voy y le enveneno sus quiltros?

Lo otro que se nos ocurrió a última hora —los cuarenta y cinco grados del pisco parecían estimular a mil nuestro cacumen— fue recibir a las visitas no con un simple ágape, como querían las autoridades, sino brindarles una fiesta a todo trapo en el Rancho Grande. Un frangollo amenizado por los Gold White, en donde el vino y la cerveza corrieran como río (no como el Loa, que aunque era el río más largo de Chile, su cauce en algunos tramos era tan exiguo que uno abría las piernas y el hilo de agua pasaba por debajo); una fiesta con almuerzo incluido; un almuerzo como para matarle la lombriz a la mismísima María Marabunta; el menú más pesado y atosigante que se pudiera imaginar un cristiano. Por ejemplo —aquí nos pusimos a fantasear entre todos, haciéndosenos agua la boca—, de platillo de entrada podría ser un causeo de patitas bien picante, con cebolla cruda picada como para pavo y rodelas de papas cocidas; como plato de fondo, una gran cachada de puré con costillar de chancho y chunchules gordos; y de postre, una atosigante porción de budín de pan guarnecido con nueces y pasas y bañado en espesa miel de abeja o en almíbar de chancaca.

—¡O una jarrada de huesillos con mote, paisita! —dijo el ya imparable Silvestre Pareto—. ¡No ve que el mote hincha como el diantre!

A propósito de doña María Marabunta, el Pata Pata terminó contando que la matrona —que también las oficiaba de bruja—, por encargo suyo, ya había comenzado sus ritos para hacer ganar al equipo local. Que, aparte de sacrificar dos gallinas negras, hacía tres días que, en medio de sahumerios y repitiendo con ritmo de macumba «Pilato, Pilato, si no le ganamos no te desato», le estaba clavando alfileres a una oncena de monitos de trapo vestidos con los colores naranja y negro del seleccionado cometierra.

¡Aquí estoy, queridos radioescuchas, amables pacientes, en las afueras del Rancho Grande, en medio de este gentío que espera el comienzo del desfile, cerca de donde están los jugadores de ambos equipos vistiendo sus respectivos uniformes y dispuestos detrás de la bandita de guerra de nuestra escuela que, justo en estos momentos, arranca con los acordes de Los viejos estandartes, *dando así comienzo al desfile, y aquí vamos entonces rumbo a la cancha, metidos en este desfile organizado a última hora por las autoridades, tanto que le gustan los desfiles a estos papulosientos hijos de la gran pústula maligna, aquí vamos marcando el paso como huevones a la vela, aquí vamos ran, ran, rataplán, desfilando junto a los protagonistas de este histórico encuentro, en medio de esta multitud de gente, sudando como moribundos bajo este sol gangrenoso, y desde mi posición veo marchando en primer lugar a los equipos contendores; enseguida, detrás de ellos, a las autoridades, dirigentes y árbitros, muy orondos todos, con una cara de hemorroide estrangulada que no se la pueden, y enseguida, marcando el paso marcialmente, veo a todas las fuerzas vivas del campamento; ahí van, por ejemplo, los boy-scouts, las mujeres de los centros de madres, los bailarines de las cofradías religiosas con sus máscaras de diablos y sus atuendos multicolores, los bomberos con sus uniformes de gala y los representantes de cada*

una de las secciones de trabajo, todos embargados de una emoción tremenda, pues saben que se trata de su último desfile por estas calles que los vieron crecer y que en un tiempo más, señora, señor, no existirán, no estarán, se las habrá llevado el mismo carajo, aquí vamos, todos juntos, Cometierras y Comemuertos, juntos pero no revueltos, aquí vamos saliendo ya del campamento, enfilando directamente hacia el terreno de juego que se ve rodeado de una multitud impresionante, qué hermosa, señoras y señores, amables radioescuchas, se ve nuestra cancha emplazada en plena pampa rasa, qué bella se ve embanderada y repleta de público, y a medida que vamos llegando se ve más linda, si parece un verdadero estadio, señora, señor, yo nunca había visto tanta gente en la cancha, y mientras el desfile se detiene frente a las tribunas en donde se entonará el himno nacional y se rebuznarán algunos discursos oficiales, yo me pongo a recorrer el perímetro del campo de juego para contarles a ustedes lo que ven mis ojos en este mar de gente, entre este público impresionante, y lo que ven mis ojos, amables oyentes, son algunas señoras que se han traído sus asientos regalones desde sus propias casas, matronas que se les nota a la legua que es la primera vez que asoman la nariz por una cancha de fútbol, y por aquí justamente vemos a varias de ellas (algunas más viejas que la sarna y otras más feas que un reflujo gastroesofágico) sentadas en sus desvencijados sillones de mimbre, y más allá, detrás del arco oeste, divisamos a la familia Comegatos completa sentada pierna arriba en uno de esos antiguos sofás de cretona, todos arrellanados y acomodados como para sacarles una foto y mandarla a la revista Estadio; mucha gente también ha traído sus quitasoles y sus botellas de

agua y algo para entretener la lombriz solitaria, co-
mo nuestra portentosa María Marabunta que, repan-
tigada en un sofá de felpa, todo para ella sola, devo-
ra docenas de huevos duros y panes con mortadela, y
seguimos mirando y encontrando más gente de la que
nunca antes habíamos visto en los partidos, gente que
hoy, emocionada hasta las lágrimas, ha asistido como
se asistiría a una misa de cuerpo presente por un fa-
miliar muerto, y es que de eso se trata, pues, amables
auditores, pacientes míos, de eso justamente se trata;
este partido es como el último santo oficio de nuestro
querido campamento, por eso están aquí hoy todos
los que están, por eso hoy... oh, pero qué ven mis ojos,
ustedes no me lo van a creer, amables escuchas, pero
acabo de descubrir detrás de la gente abarrotada en
la orilla sur, al canuto que varias veces ha querido
exorcizarme, sí, queridos auditores, al mismísimo
hermano Zacarías Ángel, miren nomás ustedes, quién
iba a decir que algún día íbamos a ver a este cata-
plasma mirando un partido de fútbol, a este puru-
lento hijo de la gran pústula maligna, fosfolípido an-
fipático y la purga que lo parió!

VI

«Este cementerio no se parece en nada a esos que vi sembrados a la orilla de la carretera», había dicho el Fantasista aquel día que lo llevamos a ver el mausoleo del Lito Contreras.

Y es que esos perdidos cementerios a lo largo del desierto, con sus sepulcros abiertos, sus cruces carcomidas y sus oxidadas coronas de lata, semejaban desolados corrales de muerte en donde reinaban el olvido y el desamparo más absoluto. Ver sus tumbas profanadas y sus muertos flotando en la reverberación de las arenas, era como acceder a una alucinante visión del infierno. Sin embargo, aunque desvanecido su esplendor funerario, esos cementerios aún mantenían una carga de energía tan potente, un magnetismo tan evidente a los sentidos, como el aullar del viento en las calles de sus pueblos abandonados. Ingresar en ellos —en pueblos y cementerios— era como hacerlo en un tiempo ido, un tiempo cuajado de sensaciones y sentimientos de humanidad profundos.

El sábado primero de noviembre, Expedito González —que aún no sabía nada de la Colorina, y se notaba inquieto y desconcentrado— corroboró lo dicho sobre lo bonito que le parecía nuestro camposanto.

Ante su auténtico asombro por la cantidad de gente colmando el recinto sagrado, nosotros, hinchando el pecho de orgullo, le dijimos que, de verdad, paisanito, el nuestro era uno de los más bellos y mejor cuidados de todos los cementerios desperdigados a lo largo y ancho del Cantón Central.

Temprano por la mañana, desde las distintas oficinas salitreras cercanas, comenzaron a arribar a Coya Sur los trenes dispuestos por la compañía; convoyes armados con javas de transportar ganado —acondicionadas con largos asientos de palo— a tute de hombres, mujeres y niños cargando flores, coronas, baldes de agua y canastas de cocaví. Además, desde los cuatro puntos cardinales, en una intermitente caravana de vehículos particulares, cientos de coyinos antiguos, esparcidos por los más diversos pueblos y ciudades del país, volvían al campamento de sus amores a visitar a sus muertos queridos. Esta vez, enterados de que Coya Sur se convertiría en otro pueblo fantasma —uno más de los centenares diseminados a lo largo de los mil kilómetros de pampa—, o simplemente desaparecería de la faz de la tierra como algunos vaticinaban, fueron muchos más que los años anteriores los que vinieron a atizar el rescoldo de sus recuerdos más entrañables.

Aunque el campamento amaneció hecho un lodazal —el barro no sólo cubría las calles, sino todo el ámbito de la pampa que alcanzaba la vista más allá de las lindes del campamento—, ya a mediodía el sol implacable del desierto había oreado el barro y endurecido la sal. Todo el paisaje era una sola costra oxidada; dura y áspera como caparazón de quirquincho. Sin embargo, nada fue impedimento para que nuestra calle principal se colmara de visitantes camino al cementerio, convirtiéndola por ese día en una populosa arteria de ciudad grande.

Los viejos coyinos llegaban saludando a diestra y siniestra con gestos aspaventosos, repartiendo abrazos, regalos y palmoteos a medio mundo. Después de visitar el camposanto llenaban de botellas las mesas y los mesones de los ranchos celebrando el encuentro con viejos amigos del alma, con vecinos de toda una vida y compañeros de trabajo que, a pesar del tiempo transcurrido —«qué jodienda como pasa el tiempo, paisita»—, perduraban en la memoria como esos inmutables cerros pelados al fondo del paisaje pampino.

En el cementerio, pese a lo ardiente del sol (un sol grande y colorado como cabeza de tonto), el clima era de verdadera fiesta. En las afueras, apegados al muro, los vendedores ambulantes, instalados con sus toldos de lona y calaminas de zinc, conformaban una gran feria libre ofreciendo cuanta chacharacha inútil existía en el mundo; además, claro, del rico pan amasado casero, las paletas de helado de todos los colores y sabores, los suculentos asados de cordero y el clásico e impajaritable vaso de mote con huesillo, bebida que los comerciantes mantenían fresca en grandes fondos de loza cubiertos con sacos de gangochos mojados, pues «con este calor de mierda, ganchito, las barras de hielo duran menos que un bocadillo en la boca de doña María Marabunta».

Los deudos llegaban a acompañar a sus muertos con el ánimo festivo de los paseos al campo o a la playa. Además de los quitasoles y las sillas plegables, y los cajones de cervezas y las damajuanas de vino, todo el mundo llegaba premunido de sus radios o de sus flamantes tocadiscos portátiles. En tanto limpiaban, ordenaban y pintaban mausoleos y panteones —adornando con retratos las tumbas de los mayores, y con juguetes los nichos de los niños—, y repasaban nombres y fechas en cruces y losas fúnebres, todo el mundo comía y bebía a la salud de sus difuntos (derramando un poco de vino en las tumbas como ofrenda de cariño), mientras en los aparatos a pila, al máximo de volumen, resonaba la música predilecta de cada uno de los finaditos y finaditas agasajados. Esto sin contar a los deudos más sentimentales, y poseedores de innegable vena artística, que llegaban aperados de sus guitarras y charangos y, con un pie apoyado en un ángulo del sepulcro, le cantaban ellos mismos las canciones a sus muertos, o les recitaban poemas y endechas de su propia autoría con lastimeras voces de duelo.

Pasado el mediodía, tras visitar temprano a nuestros muertos, nos hallábamos descansando a la sombra del Rancho Grande, contemplando el lánguido desfile de gente bajo el sol, yendo y viniendo del cementerio, cuando de pronto vimos aparecer por la esquina del cine al mismísimo Tarzán Tirado. Para sorpresa de todos los que a esas horas compraban su medio kilito de azúcar y su octavo de litrito de aceite en los despachos de la corrida del comercio, nuestro arquero apareció sonriendo a toda boca y saludando brazos en alto, al mejor estilo de los pugilistas de la revista *Estadio*. Nosotros no podíamos creerlo.

Venía sin yeso.

Había sucedido que la Loca Maluenda, acompañada de algunas de las mujeres más bravas y decididas de la barra (la Nené, la Chakú, la Yoko, la Teodofia, la Dina, la Pochocha, la Rosa Mundaca y otras), en una operación comando, tipo película norteamericana, habían ido por la mañana a rescatarlo desde la sala común del riguroso hospital de María Elena. A la hora de visitas entraron al recinto, lo vistieron de mujer y lo sacaron caminando en medio de ellas. Como era el día de los muertos y todo el mundo se venía al cementerio, se lo trajeron escondido en uno de los convoyes atiborrado de pasajeros. Y ahí mismo, en el fondo de la java, cubierto por una cortina de flores y coronas fúnebres, le cortaron el yeso con las tijeras costureras que llevaba cada una de ellas.

Ahí estaba nuestro gran arquero, cruzando la calle feliz de la vida, aullando, saltando, haciendo muecas de simio y saludando a todo el que se atravesara por delante, como si se estuviera candidateando para alcalde. Antes de dar la mano, en un gesto compulsivo se la escupía y se la restregaba enérgicamente con la otra, tal como hacía bajo los tres palos antes de cualquier atajada, peligro de gol o ataque del equipo contrario.

Tan pegado tenía el resabio de escupirse la palma de las manos, que lo hacía antes de ejecutar cualquier tarea o quehacer cotidiano: antes de tomar una pala, antes de sentarse a comer, antes de aceptar un vaso de vino, antes de abrazar a una mujer para bailar un bolero, etcétera. Sus amigos y compañeros de trabajo lo jorobaban con que se las escupía incluso antes de proceder a lavárselas. La desbocada Loca Maluenda contaba en las colas de la pulpería que el tarambana de su marido también se las escupía en las noches, antes de agarrarla y voltearla para echarle un polvo.

Al atardecer, aprovechando la cantidad de gente de María Elena que aún iba y venía del cementerio, don Agapito Sánchez convocó al último simulacro de entrenamiento en la calle Balmaceda. «Para el partido de mañana todo vale», dijo cuando algunos jugadores le preguntaron si lo sagrado de la fecha no significaba nada para él. La cosa era exhibir lo más posible los funambulismos de Expedito González. Mientras más Cometierras lo vieran, tanto mejor para nuestras pretensiones.

—Cuanto más nos hablan del cuco, más nos cagamos de miedo —dijo como filosofando.

De modo que esa tarde la selección hizo su última práctica de mentiras en la calle Balmaceda. Las verdaderas se realizaban por las mañanas en la cancha, cuando el calor era más pasable y no corría ningún viento. Además, por la tarde era imposible ocupar el campo de juego a causa de la invasión de esa horda de trabajadores para los cuales su pichanga era sagrada e insobornable.

Poco antes de que asomaran los buses de Antofagasta, en medio de los ejercicios de elongación y trotecitos cortos —animados ahora por la presencia siempre festiva de Tarzán Tirado—, mientras el Fantasista, sin muchas ganas, pirueteaba a un costado con su pelota blanca, todo el mundo se halló de pronto mirando hacia la esquina de la peluquería. Por ahí, muy fresca de ánimo, tomada de la mano del California, acababa de aparecer la Colorina. Los perlas iban en dirección al cine y parecían como recién bañaditos.

—Éstos le dieron veinticuatro horas seguidas al merequetengue —comentó por lo bajo el Plinio Gatica.

Expedito González, entretenido con su pelota, no se había percatado de la situación. Pero alguien le dio un codazo y lo hizo mirar hacia el frente. La pareja en ese momento cruzaba ante la puerta del despacho del Chino Moisés.

Con la pelota en la mano, el hombre se los quedó viendo sin pestañear, como caído súbitamente en trance. Con su mirada de loco, y sus dedos engarfiados a la pelota, los siguió en su recorrido hasta que alcanzaron la otra esquina y llegaron a las puertas del cine.

Por los parlantes a la calle ya sonaban los acordes de *Morir un poco*, la melodía que anunciaba el comienzo de la función.

Esa tarde daban una mexicana.

Luego de adquirir las entradas, los tórtolos compraron algunos embelecos («pastillitas marca Pololeo», musitó alguien con ironía), y tomados de la mano se perdieron en el interior del local.

El Fantasista, entonces, algo refunfuñó entre dientes, lanzó la pelota hacia arriba, la recibió en un hombro y siguió practicando sus malabares.

—Demasiada calma me huele mal —musitó el Pe Uno Gallardo, justo cuando los parlantes del cine enmudecieron y se cerraron sus puertas.

La arquitectura de nuestra sala de cine era más bien escueta, casi desnuda. Se trataba de un simple barracón de calaminas con techo de dos aguas, una puerta principal de doble hoja, un pequeño *foyer* y cuatro puertas laterales; estas últimas llenas de agujeros por donde los niños más pobres veían las películas. En la parte de atrás de la nave se hallaban las lunetas que constituían la platea, y de la mitad hacia delante, las largas bancas de palo que oficiaban de galería. Como todos los cines de la pampa, el nuestro también era el sitio donde enamorados y amantes concertaban sus encuentros y citas amorosas. En su penumbra de caverna, apenas iluminada por los intermitentes pantallazos de la película, se tejían diariamente —en matiné, vespertina y noche— sabrosas historias de amores y engaños que los acomodadores, los porteros y el operador mismo del cine se apresuraban a narrar después, con lujo de detalles, en los bulliciosos ruedos de las esquinas.

Cuando acabaron de pasar los buses hacia María Elena, ya anochecía en el cielo de la pampa y los cuatro electricistas del campamento andaban con sus ganchos encendiendo las primeras luces del alumbrado público. El Fantasista, que al parecer había tomado lo de la Colorina con estoicismo, apenas don Agapito Sánchez dio por terminado el entrenamiento, se puso la pelota bajo el brazo y se fue en dirección al cine. Se fue sin decirle nada a nadie y sin siquiera devolver la camiseta de la selección.

La cinta que se estaba exhibiendo se llamaba *Si me han de matar mañana*, y tenía como protagonistas a Pedro Infante y Sofía Álvarez. Los espectadores, que en ese momento nos emocionábamos con una romántica escena de amor entre los jovencitos de la película, sentimos de pronto un estruendo que nos cortó el resuello y nos arrancó de cuajo del mundo de la ilusión. Por un momento pensamos en un derrumbe. Pero no. Un cristiano había hecho saltar de un solo empellón el pestillo de una de las puertas laterales y en la penumbra de la sala recorría el pasillo central como enajenado, mirando a derecha y a izquierda, tal si buscara a alguien.

Cuando el Cojo Villagra atinó a cortar la película y encendió la luz para ver de qué se trataba el bochinche, vimos que el energúmeno era el artista de la pelota blanca.

Vistiendo los colores de la selección, el hombre buscaba —todos lo supimos al instante, pues la habíamos visto entrar con el California— a su compañera de viaje, la Colorina. Cuando la encontró, sentada en la cuarta fila de la platea al costado izquierdo, sin decirle una sola palabra la agarró de la chalequina, cortó de un manotazo el amago de intervención del cantor de ranchos y la sacó cuspeando a la calle.

Afuera ya era de noche.

Seguido de algunos curiosos, el Fantasista se la llevó agarrada de un brazo por la arteria del comercio, a esas horas colmada de paseantes, muchos de los cuales se fueron sumando alegremente a la comparsa.

Mientras él la recriminaba tratando de no levantar mucho la voz, ella, despectiva, no hacía más que masticar su chicle rosado y reventarle sus globitos en la cara. Pero cuando frente al almacén del huaso Espejo —que sentado a la puerta conversaba, como siempre, con su amigo el Canario Reyes—, él le gritó que era una desvergonzada, que además de pasar toda la noche y el día encamada con ese cafiche de mala muerte, había tenido el descaro de pasearse de la mano por la calle, ella se chantó en su sitio y, mirándolo a un jeme de distancia, le reclamó —gritando también— que miren lo que le dijo el sartén a la olla, que si acaso no se acordaba el caballero que primero había sido él quien no tuvo ningún remilgo para encamarse con la primera perra de minifalda que le movió el culo.

Cuando pasaban por la tienda de don Lucho Donoso —que tras del mostrador, grave y ceñudo como siempre, apenas se dignó a estirar un poco el pescuezo para ver qué ocurría allá afuera—, el Fantasista le retrucaba que no había comparación, que él lo hizo borracho y ella totalmente lúcida; además, así y todo, él no había tenido la desfachatez de pasearse con la otra por la calle.

Casi al llegar al almacén del Chino Moisés —siempre oloroso a comino y a orégano, y lleno de gente—, la Colorina logró zafarse de la garra del Fantasista y le gritó que no viniera a echarle la culpa a la borrachera, que esa excusa estaba más manoseada que la perra de la minifalda, y que sólo los maricones y los cobardes como él la usaban.

Al pasar por el bazar del Sordo Moya —como siempre en penumbras y con sus estantes casi vacíos (los niños se hacían la América robándole caramelos, pues nunca había nadie detrás del mostrador)—, ya con una larga procesión de gente detrás, ellos, parándose a cada trecho para enfrentarse mejor —él siempre con la pelota bajo el brazo y ella sin dejar de hacer sus globitos—, seguían discutiendo a gritos, lanzándose frases hirientes y palabras de grueso calibre.

Ante el frontis iluminado de la pastelería Ibacache, en cuyo wurlitzer se oía la canción *Murió la flor*, de los Ángeles Negros (tema favorito del Nelson Rojas, uno de los más codiciados galanes coyinos, quien, como todas las tardes de su vida, de pantalón blanco y suéter rojo, se hallaba recostado cinematográficamente contra una de las vidrieras), Expedito González, cambiando de mano la pelota, le decía, en un tono ya un tanto más reposado, que en verdad ella tenía algo de razón, que él también era un poco culpable de lo que estaba ocurriendo, y que, por lo mismo, estaba dispuesto a perdonarla y a olvidar todo, siempre y cuando, claro, ella se viniera con él y le jurara que no volvería a ver más al cantorcito de fondas.

Cuando la Colorina, furiosa, tras reventar con un dedo el globo más grande que le había salido (y de quitarse el pedazo de chicle que se le quedó pegado en la nariz), le contestó que si acaso se creía Dios el caballerito para andar por la vida perdonando a la gente, ya iban tranqueando frente a las puertas del sindicato, de donde los viejos salieron a asomarse a ver de qué se trataba el escándalo, y varios de ellos dejaron sus juegos a medio jugar para plegarse al ruedo de gente que seguíamos a la pareja descaradamente, mirándola y oyendo con fruición cada palabra que se decían, como si se tratara de un par de actores callejeros.

Frente a las puertas de la Asociación Deportiva nos dimos cuenta de que la voz ronca de Expedito González comenzaba a quebrarse cuando, con la pelota tomada ahora con ambas manos, le preguntó compungido por qué le había hecho eso, que acaso no se daba cuenta de que él la quería. «Yo y Bobo la queremos mucho», le dijo.

—Acuérdese de que nos íbamos a casar.

Ella volvió a pararse en seco y se lo quedó mirando con sus ojos verdes en llamas. Que si acaso se había vuelto loco de remate; que él sabía muy bien que ella no lo quería, que nunca lo había querido, que nunca lo iba a querer.

Entre el almacén del Huevos de Oro y la tienda La Coyina —mientras alguien alertaba que habían mandado a buscar a los carabineros—, el Fantasista le dijo que ahora ambos estaban con los ánimos caldeados, y que mejor lo conversaran mañana, más tranquilos. El lunes él reiniciaría su gira hacia el norte, y si ella quería acompañarlo no había ningún problema, se olvidaban de todo y quedaban tan unidos como antes.

Ella —ya en la esquina de la peluquería—, sin el más leve asomo de sentimiento en su voz, más bien en un tono impávido, le dijo que se lo agradecía en el alma, pero que ella no pensaba irse por ahora, que se quedaría por aquí un tiempo más, no sabía cuánto.

Cuando Expedito González, brillantes sus ojos de búho, parecía estar a punto de soltar el llanto, apareció por entre la rueda de curiosos el Viejo Tiroyo.

El anciano venía saliendo del Rancho Huachipato y en la mirada se le notaba el duende burlón del vino. Plantándose ante la pareja, como un tercer actor entrando en escena, dijo fuerte, para que lo oyéramos todos, que usted, amigo pelotero, no debiera rogar tanto; que, para que nos enteráramos todos los presentes, él, el Viejo Tiroyo en persona, acababa de descubrir quién era realmente esta pájara de pelo colorado.

—Para que lo sepan —dijo, mirando en torno a los curiosos—, esta lindura es una chimbiroca, una mujer de mala vida como dicen los siúticos. Una conocida puta del puerto de Tocopilla. Eso es lo que es.

Y luego, mirándola ladinamente, le preguntó con sarcasmo si le decía algo el apodo de «Malanoche».

—¿O es que aún sufre de amnesia la señorita?

Ella dejó de masticar su chicle y se lo quedó viendo desconcertada.

—Esta damisela —siguió diciendo campante el anciano—, que todos estos días estuvo haciéndose la sueca con nosotros, es la famosa Malanoche, una de las prostitutas que participó en el escándalo de la oficina Pedro de Valdivia, ¿se acuerdan?, cuando las putas pedrinas se tomaron la iglesia y metieron a la fuerza el ataúd de una de sus compañeras muertas —una a la que apodaban la «La Reina Isabel»—, y obligaron al cura a hacerle una misa.

Entre la gente que los rodeaba se produjo un rumor de confusión.

—¿Es verdad eso? —le preguntó Expedito González casi susurrando.

—Sí, es verdad.

—¿Y cómo puede saberlo si usted no recuerda nada?

Ella, en un mohín de resignación, suspiró hondo. Luego dijo que había recuperado la memoria. Que la recuperó al segundo día de llegar al campamento.

—Fue la noche cuando el California me cantó *Tocopilla triste* —dijo.

—¿Usted lo conocía de antes? —le preguntó el Fantasista.

—Sí, lo conocí en la oficina Pedro de Valdivia.

—¿Y él la reconoció?

—Por supuesto. Siempre supo quién era yo, pero nunca dijo nada. Así es de hombre.

Fulminando con la mirada al Viejo Tiroyo, remató corajuda:

—No como otros cabrones, que llegan a viejo y siguen siendo unos maricones de a peso. Y se van a morir siéndolo.

Al ver que la gente comenzaba a murmurar en contra de la Colorina, y algunas incluso alzaban la voz para decirle groserías, Expedito González montó en cólera y les gritó que eran un montón de intrusos de mierda, que no deberían meterse en lo que no les importaba, y que ya estaba bueno de sapear y que se fueran a su casa. Que esto no era un circo.

Cuando la gente comenzó a dispersarse, él la miró a los ojos, le puso una mano en el hombro y le dijo que era mejor que se fuera con él al sindicato, que alguna de esa gente podía ponerse atrevida.

Ella dijo que no.

—¿Y para dónde se va a ir? —le preguntó él, urgido.

Ella no contestó.

—Se va al camarote del cantor, ¿cierto?

—Sí.

Menesteroso, enlodándose en su propia deshonra, él le preguntó que si podía acompañarla.

—No, gracias, no me va a pasar nada —dijo ella. Y echó a caminar decidida rumbo al pasaje de solteros.

Mientras Expedito González veía desaparecer a la Colorina tras las sombras de la cancha de rayuela, apareció a su lado Juanito Caballero. Venía en busca de la camiseta de la selección.

—Es que tengo que zurcir y amononar los uniformes para el partido de mañana —dijo embarazado el utilero.

El Fantasista, con los ojos enllantados, se sacó la camiseta y se la entregó. Debajo tenía puesta la del Green Cross.

Como siempre ocurría en Coya Sur, la pareja de carabineros apareció cuando ya el herido estaba en el hospital, el muerto en el cementerio y los huérfanos en el asilo.

Por la noche, mientras el Tuny Robledo y Marilina se hallaban conversando en la Plaza Redonda, apareció el Choche Maravilla. Venía arrastrando de la mano a una gorda de expresión bovina, mirada bizca y senos monumentales.

Luego de conversar un rato los cuatro, el Choche Maravilla dijo que tenía que hablar cosas de hombre con su amigo y, excusándose gentilmente de las «bellas damas», se lo llevó un momento para un lado.

Que no se viniera a reír mucho, el huevoncito, le dijo semiserio el Choche Maravilla; que «esa cosa» que veía allí fue lo único que encontró entre el exiguo ganado de cometierrinas que vino al cementerio. «Digamos que fue la única que se atrevió a quedarse hasta estas horas de la noche», puntualizó. Y que tampoco era para tanto, pues, si se fijaba con atención, la muchacha no estaba del todo mal. Entrecerrando un poco los ojos pasaba colada.

—Además, para que te cagues de envidia —le secreteó risueño—, se gasta unos pezones que parecen estoperoles.

—¿Ya sabe lo de la cancha? —le preguntó curioso el Tuny Robledo.

Sí, la gorda ya había aceptado, sin ningún remilgo, la proposición de ir a hacerlo en los terrenos de la cancha de fútbol. Lo único que aún no sabía era lo del polvogol. Pero él no creía que le fuera a hacer asco. De modo que no se le ocurriera ir a meterse por allá con la hija de don Celestino. Que se buscara otro lugar donde botar el diente de leche. Ah, y que por nada del mundo le fuera a contar lo de la gorda bizca al California.

—¡Ese mantecoso es capaz de columpiarme por el resto del año!

En el campamento todos sabíamos de la competencia personal entablada entre el California y el Choche Maravilla, competencia que consistía en ver quién conquistaba más mujeres en una semana. Y sabíamos también, porque lo presenciamos muchas veces en la penumbra del cine, que estos dos crápulas incluso practicaban el deporte de intercambiar pololas. Lo hacían con la liviandad y la ligereza con que los niños intercambiaban laminitas deportivas en las aceras. O derechamente se las levantaban uno al otro, sin ningún cargo de conciencia.

El Tuny Robledo y Marilina se quedaron pololeando en el medio de la Plaza Redonda, a esas horas desierta y a oscuras (las luces de los faroles no duraban nada a causa de los hondazos de Oscarito y Marcianito, tanto así que los cuatro electricistas del campamento se veían obligados a reponerlas casi todas las semanas). Emocionado hasta el romanticismo, él le dijo que esa noche se veía más bella que nunca. «Estás más linda que la primera pelota de fútbol que me regalaron cuando niño», le dijo. Y que su perfume olía como el mejor del mundo.

—Hueles a gol —le dijo, oliendo y besándole el cuello con delicadeza.

Como ella estaba acostumbrada y le gustaba oírlo hablar de esa manera, le preguntó sonriendo a qué olía un gol. Si se podía saber, claro.

—Un gol huele a ángel —le dijo él—. Huele a música. Huele a beso tuyo.

Ella lo abrazó fuerte. Después se quedó mirándolo a los ojos y le dijo que quería hacer el amor con él, ahora. Ahí mismo en la plaza. Con esa luna redonda como testigo.

—Esa luna color de arroz con leche —dijo, contagiada de lirismo.

Y ahí, en la plaza, sobre los altos del quiosco de las retretas, tendidos en el piso de pino Oregón, iluminados apenas por los rayos de luna colándose por el ramaje de los algarrobos, hicieron el amor por primera vez en sus vidas.

Era una noche calurosa. Ella había ido a la cita con una falda de seda azul, acampanada, y una blusita celeste, de encajes, toda abotonada. Él le fue quitando los botones uno a uno, lentamente, mientras, para mitigar su propio nerviosismo, le iba susurrando al oído cosas sobre el partido del día siguiente, musitándole amoroso que su primer gol, cariñito —porque él tenía que hacer un gol mañana—, iba a ser dedicado a ella, a la niña más linda del campamento. Marilina lo oía en silencio y se dejaba hacer mirándolo con ternura. Por dentro, el temor ancestral de hacerlo por primera vez le burbujeaba en el vientre. Desabotonada la blusa, las manos inexpertas del centrodelantero demoraron unos segundos eternos en desabrochar el sostén rosado. Cuando al fin los pechos de Marilina saltaron de su prisión como dos rosas vivas, él, maravillado ante el milagro, rozándolos apenas con las yemas de los dedos, le decía que esos pechos eran lo más glorioso que había visto y tocado en su vida. Luego le sacó la falda. En tanto ella procedía, atolondrada, a quitarse sus calzoncitos de algodón, él —lo mismo que cuando llegaba al camarín con el partido por comenzar— se desvistió de dos manotazos urgentes. Después, temblando entero, la fue cubriendo gradualmente, como si estuviese cubriendo y abrazando algo tan bello y sagrado como la vida misma. Los rayos de luna atravesando el follaje de los árboles empavonaban sus desnudeces de un fulgor sonámbulo. Amándose en el piso de tablas, moviéndose con torpeza, perdiendo el ritmo a cada rato, volviendo a comenzar ganosos y anhelantes, besándose y salivándose ávidamente, mordiéndose el corazón de deseo, amelcochados de sudor, semejaban dos peces lunados danzando por primera vez en el fondo de un estanque nocturno.

Unas manchitas de sangre en el astilloso piso del quiosco de la música testimoniaron la entrega de aquella noche primigenia.

Más tarde, ya sentados de nuevo en el escaño, ella no dejaba de abrazarlo y besarlo y decirle una y otra vez que lo amaba.

—Te amaré toda la vida —le decía con la cara mojada en lágrimas.

Él, con los brazos abiertos en el espaldar del escaño y sus ojos como volados, se sumió de pronto en un mutismo extraño. Por un largo rato se quedó sin pronunciar palabra. Ella, con el alma en vilo, le preguntó qué ocurría.

—¿Es que acaso no te gustó tanto como a mí, corazón mío?

Él, con una alegría inmensa borboteándole en el vientre, una alegría nueva, irrefutable, universal, reaccionó abrazándola y besándola en el pelo, en la frente, en toda la cara. Luego, mirándola risueño, le dijo despacito, imitando a Cachimoco Farfán:

—¡Estuvo electrocardiogramático, cariñito!

Pasada la medianoche, tras acompañar a Marilina hasta la puerta de su casa, el Tuny Robledo no se dirigió a dormir, sino, como pocas veces lo hacía, se pasó al Rancho Huachipato. Quería coronar su iniciación con un vaso de vino tinto; cosa que tampoco estaba acostumbrado a hacer.

Sorprendidos de ver al centrodelantero por ahí, y a esas horas de la noche, lo invitamos de inmediato a que viniera a sentarse a la mesa. El Tuny Robledo llegó mandándose un vaso de vino como si fuera agua, y diciéndole a don Agapito Sánchez que desde mañana sí que pateo los penales que usted quiera, profe.

—¡Y no me pregunte qué crestas me pasó! —le dijo exultante.

Nosotros nos hallábamos instalados al fondo del local, frente a la mesa silenciosa de los cuatro bebedores más ilustres del campamento. En esos momentos tratábamos de consolar a Expedito González, que no paraba de llorar y de beber como un condenado. Sin poder conformarse por el desdén de la Colorina, el Fantasista repetía cucarramente que ahora se daba cuenta de lo enamorado que estaba de esa maldita. «Yo y Bobo estamos enamorados hasta los tuétanos», gimoteaba sin dejar de beber y de pedirle a Samuelito que le tocara de nuevo la ranchera que ya le habían tocado una docena de veces, y volvía a cantar con voz lastimera, junto a Miguel Aceves Mejías, *sonaron cuatro balazos / a las dos de la mañana / lo fui a matar en tus brazos / sabía que allí lo encontraba / no creas que alguien me lo dijo / me dio la corazonada.*

Pero nosotros no nos hallábamos ahí precisamente para consolar al artista de la pelota; lo que hacíamos era celebrar lo que esa tarde nos había dicho el paco Concha: que desde Antofagasta se les había comunicado que el jefe de plaza no vendría al partido de mañana. De modo que Cachimoco Farfán y los cuatro «humanoides», como llamaba uno de los integrantes de la Junta Militar a los opositores al régimen, ya no tendrían que pasar el día encerrados en el cuartel de carabineros, como ocurría siempre. Y eso era un buen motivo para celebrar. Pues la vez en que al mismísimo dictador se le ocurrió darse una vuelta por la pampa, a los pobres los habían hecho encalabozar con familia y todo, incluidos niños, guaguas y perros, y eso que el hijo de puta ni siquiera pasó por el campamento.

Más tarde, a don Agapito Sánchez le dio por repetir y exponernos por enésima vez su tesis sobre la influencia de los entrenadores en el fútbol. «De los viejos entrenadores de antaño y de los nuevos de ahora». Yo siempre había pensado que la gran diferencia entre un entrenador a la antigua y uno de esos «directores técnicos» que estaban apareciendo en el último tiempo, era nada menos que la magia y la alegría del fútbol. Así de simple, amigos míos. Lo que estaba perdiendo este deporte tan lindo con esos estrategas de laboratorio era ni más ni menos que el placer de jugar. Eso se podía ver y percibir claramente en una sola frase: mientras el viejo entrenador aún decía: «vamos a jugar, muchachos»; el otro, calculadora en mano, como un frío ingeniero del fútbol, profería un maquinal: «vamos a trabajar, señores».

En el momento en que don Agapito Sánchez reclamaba furioso que esos malditos hasta se habían atrevido a desarmar la épica formación 3-2-5, para imponer otras defensivas y estériles hasta lo castrante, olvidándose por completo de que la esencia del fútbol es el gol, apareció en la puerta Juanito Caballero.

Traía una cara de terror que movía a risa.

Con el ombligo encogido de miedo, el utilero nos contó que al quedar solo en el local de la Asociación Deportiva, preparando los uniformes para el partido de mañana —«hermanando los pares de medias, zurciendo algunos pantalones, pegándole los números a las camisetas»—, unos tipos que arrancaron en un auto rumbo a María Elena, habían quebrado un vidrio de la ventana de un peñascazo. «Casi me dan en la cabeza», dijo tembloroso, tratando de ordenarse el «emparronado» de su calva con sus cuatro pelos huachos.

La piedra, que traía para mostrárnosla, iba envuelta en un trozo de papel de diario que llevaba algo garabateado con tinta roja. El mensaje decía que nos aprontáramos los Comemuertos hijos de perra, porque mañana nos iban a hacer cagar a patadas, nos iban a matar uno por uno, en venganza por haber envenenado a los pastores alemanes de su entrenador. «Esto se paga con sangre», terminaba diciendo la nota.

Ahí recién nos enteramos de que el cabrón de don Silvestre Pareto había tomado en serio lo de la misión secreta. Que esa misma noche, envalentonado por los grados del pisco —como nos contaría después, un tanto azorado, el rayador de cancha—, llevando sus albóndigas envenenadas en un morral de lona, caminó los siete kilómetros a través de la pampa, atravesando los desmontes hechos un lodazal por la lluvia, para darle el bajo a los perros del entrenador de los Cometierra.

*¡Aquí estoy, señoras y señores, amigos míos,
instalado en mi puesto de transmisión junto a los camarines, listo para llevar a ustedes las alternativas de
este lance deportivo, ya falta poco para que comience
el partido y en la cancha ya no cabe una aguja, se lo
digo yo, no hay espacio ni para poner una inyección,
ya no cabe ni un estreptococo, con eso les digo todo, y
es que el perímetro completo se ve abarrotado de gente que se achicharra a pleno sol, un sol quemante, un
sol al rojo vivo, un sol otorrinolaringólogo, pero la
gente se achicharra con gusto, y es que cualquier sacrificio es poco para ver el último partido entre estos
dos rivales de toda la vida, y por eso, señora, señor,
nadie siente el sol sobre sus cabezas, y si lo siente lo
sufre en silencio, tal como su relator deportivo favorito, quien les cuenta todo esto justo en el momento
en que terminan los discursos y las autoridades civiles
y uniformadas, todas con su simpática carita de condrocarcinoma (condrocarcinoma: tumor epitelial maligno con metaplasma cartilaginosa), y resguardados
por los carabineros se acomodan a la sombrita de la
tribuna, seguramente comentando con desdén lo que
para ellos es sólo un partido de fútbol más en sus ju-
mentosas vidas, pero que para nosotros significa el
último encuentro de fútbol antes del cierre definitivo
del campamento, antes de nuestra definitiva partida,
qué se le va a hacer, amables auditores, la vida es así,*

*la vida es una puta otopiorrenta, y aquí estoy yo, su
servidor, para llevarles a ustedes los entretelones de
este memorable encuentro que ya, a causa de los discursos y esas leseras, está atrasado en varios minutos,
pues estaba programado para las cuatro de la tarde y
la cosa está que arde, y sin mayor esfuerzo me salió
con verso, fenilanina hidrolasa y la purga que me
parió, eso es para que se den cuenta lo grande que es
Cachimoco Farfán, el locutor deportivo más rápido
del Oeste, la mejor dislalia de toda la pampa; sí, señora; sí, señor, ahora me encuentro junto a la puerta
del camarín en donde nuestra selección está recibiendo las últimas instrucciones, y al que algunos tiñosos
no me han dejado entrar, pero aquí estoy esperando
que los jugadores salgan a hacer su precalentamiento
y a mear detrás del algarrobo seco como hacen siempre, aquí estoy esperando para entrevistar a los muchachos antes del encuentro, y justo en estos momentos se comienza a abrir la puerta del camarín,
cuando son exactamente las cuatro y treinta y cinco
minutos de la tarde, y vemos salir uno a uno a los jugadores, entre ellos está Expedito González luciendo
el glorioso uniforme blanco amarillo, trataremos de
acercarnos a alguno para pedirle su impresión, a ver,
por acá está el Indio Maravolí; dígame, señor Indio,
aparte de lo que dicen por ahí que usted le quema el
espinazo al wing derecho del Santa Laura —asunto
que aquí y ahora no tiene ninguna importancia—,
aparte de eso, qué puede decir sobre este encuentro,
¿cree que le vamos a ganar por fin a los Cometierra?,
pero parece que este callento ha sufrido un prolapso
rectal, señoras y señores, y no quiere proferir palabra,
pero aquí está el magnífico Choche Maravilla; dígame don Maravilla, ¿llevó a efecto su famosa cábala*

anoche?, y si es así, ¿se anotará con un golcito esta tarde?, el Choche Maravilla, cachetón como siempre, nos dice que sí, que anotará tres goles y... pero atención, amables oyentes, que el árbitro ya se encuentra en medio de la cancha y está llamando a los equipos, y por allá comienza a entrar la selección de los Cometierra, encabezada por el famoso Pata de Diablo, y por aquí entran los nuestros capitaneados por su back centro, el Crispeta Mundaca, y luego del saludo correspondiente de cada uno de los equipos, el señor árbitro dialoga con los capitanes, ahora tira la moneda al aire, y parece que ganaron los Cometierra, sí, amables auditores, ganaron ellos y escogen lado, y piden comenzar a favor del viento; entonces, señora, señor, le tocará mover la pelota al trío central de nuestra selección que comenzará atacando de oeste a este, y esto comienza, señores, esto va a comenzar, todo está listo y dispuesto, el público enfervorizado, el cielo más azul que nunca, y para bien de nosotros y mal de ellos ya empezó a correr el viento tardero, el árbitro ahora consulta su reloj, mira a sus dos guardalíneas, levanta una mano y hace sonar su silbato, comenzó el partido, señora, señor, comenzó el partido, amables pacientes, fenilanina hidrolasa y la purga que me parió, comenzó el último partido antes del fin del mundo!

VI

Ese primer domingo de noviembre, el día amaneció ahíto de sol, y el campamento de Coya Sur, atiborrado de habitantes. Todos los hijos pródigos que llegaron a ver a sus muertos, alojados en casas de familiares, amigos y compadres, se quedaron a presenciar el último partido de la selección de sus amores. No podían no hacerlo: ese pequeño caserío en mitad del desierto seguía siendo el terruño de sus recuerdos, el espacio de sus sueños, el centro de su universo. Todo el mundo despertó contento esa mañana. Un clima de fiesta amenizaba el ambiente. Por la noche, alguien había echado a correr la voz «para callado» que eso de que el Fantasista no jugara fútbol era sólo una treta inventada por Agapito Sánchez, otro truco psicológico de este viejo macuco para emborracharle la perdiz a los Cometierra. De modo que la población se levantó alegre, ilusionada, con un gustito dulce en la boca del corazón. Aunque no faltaban, claro, los aguafiestas que decían que eran las puras ansias de ganar lo que nos llevaba a creer aquel embuste.

Sin embargo, había algo de lo que ni unos ni otros estaban enterados, excepto los que se levantaron temprano esa mañana y lo vieron con sus propios ojos: Expedito González, nuestra última esperanza futbolística, había amanecido durmiendo en la calle, borracho como tenca. Ovillado junto a un gallinero, agarrado a su pelota blanca como un náufrago a su tabla de salvación, se veía lastimosamente vomitado y meado hasta los tobillos.

Por la noche, la mayoría de nosotros se había retirado del rancho más temprano que de costumbre, debido a la fragorosa jornada que nos esperaba al día siguiente. Expedito González, llorando y cantando rancheras de ingratas que se fueron, se quedó ahogando las penas de su amor perdido. «Quiero ahogarlas en un tonel de vino», decía baboseante. Por más que nosotros le dijimos que esas cabronas penas no se ahogaban, que sabían nadar mejor que todas, y tratamos de convencerlo de que se fuera a dormir, emperrado en su borrachera no nos hizo juicio. Él y Cachimoco Farfán se quedaron bebiendo en compañía de un grupo de ex coyinos que en su tiempo habían trabajado de carrilanos, y los carrilanos siempre habían tenido fama de ser los obreros más tomadores y metebullas de la industria salitrera.

Minutos antes de que nosotros nos retiráramos, el Fantasista, «en homenaje a las visitas», hizo algunas maromas con su pelota en medio de las mesas. Luego, para demostrar su maestría indiscutible, utilizó como balón una cajetilla de cigarrillos, y después un salero de mesa. Al final, para cerrar su acto, le pidió un huevo crudo a la señora Emilia.

—Un huevo blanco, por favor, mi estimada dama.

Y en un alarde de virtuosismo extremo, nos brindó lo que constituía su máxima demostración de destreza: borracho como estaba, durante un par de minutos hizo los malabares más increíbles con el huevo. La concurrencia del rancho quedó atónita. «Si usted ahora lo fríe, mi querida señora», le dijo luego a la concesionaria, devolviéndole el huevo sin una sola trizadura, «se dará cuenta de que la yema está intacta».

Después, nos expresó en la mesa que su gran desafío era llegar a ejecutar sus malabares con una granada de mano. Y acordándose de nuevo de la Colorina, agregó gemebundo:

—Por ella lo haría ahora mismo, parientitos, y sin el espolón de seguridad.

Al final, Samuelito tuvo que echarlos a empellones a la calle. Como a Cachimoco Farfán se lo había llevado minutos antes la señora que lo cobijaba en su casa (y se había ido llorando porque alguien le escondió su micrófono), y ninguno de los otros sabía dónde se hospedaba Expedito González —«que será muy bueno como maromero el indiecito, gancho, pero como bebedor tiene pocazo aguante»—, optaron por abandonarlo a la entrada del callejón, entre la puerta chica del rancho y las latas de un gallinero.

Allí lo encontró Silvestre Pareto esa mañana, cuando se dirigía con su carretilla de mano a buscar salitre para rayar la cancha. El Fantasista hacía un cuadro lamentable tirado en el suelo.

Luego de tratar en vano de despertarlo, el hombrecito optó por cargarlo en la carretilla del mismo modo que hacía con los perros envenenados: tomándolo de las patas y de las manos a la vez. Mientras lo cargaba y lo acomodaba en la misma posición que a los cadáveres hinchados de los quiltros, iba repitiendo entre dientes, con una mezcla de amargura, desazón y sarcasmo: «Y éste era el Mesías, carajo». «Y éste era el salvador de la selección». «Y éste era el enviado de Dios que nos iba a llevar a la victoria». «¡Y la puta que lo parió!».

Luego, guiando la carretilla por los callejones para que lo vieran las menos personas posibles, se lo llevó al local del sindicato. Allí, entre él y el Pata Pata, lo metieron a la ducha, le dieron un tazón de café y lo pusieron de nuevo a dormir, aunque el hombre casi ni había despertado. Y no lo fuimos a recordar sino hasta pasado el mediodía, cuando una algazara de gritos y bocinazos anunció que había llegado la delegación de María Elena.

Lo otro que vimos los madrugadores aquella mañana fue que Cachimoco Farfán (como el sol ya comenzaba a fundir el plomo) se iba a condenar de calor dentro del ternito oscuro con el que apareció vestido.

En efecto, aunque nuestro locutor nunca vistió harapos, ese día apareció particularmente elegante enfundado en un anacrónico terno de paño negro (con un arestinado chaleco de raso), que nadie supo nunca dónde lo consiguió, y que le daba un aspecto entre solemne y estrafalario. Empuñando su micrófono de tarro —que Samuelito halló bajo una mesa y le hizo llegar de inmediato a su casa— se dedicó a recorrer las calles relatando, en una maratónica y delirante transmisión para la radio de su locura, las horas previas al encuentro deportivo.

Además de ser este el último partido de fútbol que se jugaría en nuestra cancha, era también el último encuentro que Cachimoco Farfán relataría en su vida. Eso nosotros lo sabíamos de sobra. Porque el pobre nunca pudo relatar —o nunca quiso hacerlo— ningún encuentro jugado en una cancha que no fuera la nuestra. Aunque acompañaba a la selección en todas sus giras a través de las oficinas salitreras, era como si en las otras canchas se volviera mudo de repente, y nadie le sacaba una palabra de la boca.

De modo que, metido en su ternito de muerto, transpirando como bestia, se pasó todo el santo día relatando los pormenores anteriores y posteriores al partido —además del partido mismo, por supuesto— y entrevistando a todo ser viviente que se le atravesó en su camino, incluidos perros y gatos. Dentro de su desquiciado afán de relatar cuanto veía, oía y sentía, muchos lo vimos llorar desconsolado mientras reclamaba contra el forzado abandono del campamento, gritando que a él, el mejor locutor del mundo, no lo iban a echar así como así, que él no se movía de Coya Sur ni con los pacos. «¡Qué se habrán creído estos piogénicos papilomatosos hijos de la gran purga intestinal!».

Lo cierto fue que para el pobre Cachimoco Farfán la experiencia de su último relato resultó demasiado traumática. Tanto, que al término de la jornada pareció habérsele rayado el *long play* de su cerebro perturbado y se quedó repitiendo, maniáticamente, por varios días y noches, las intrincadas características de una enfermedad que ninguno de nosotros conocía ni había oído nombrar nunca, una enfermedad llamada algo así como «orina con olor a jarabe de arce».

El bus con el seleccionado de María Elena llegó seguido de una gran caravana de vehículos atiborrados de hinchas tremolando banderas y gritando consignas. Contando, además, el gran número de fanáticos que se vino a pie a través de la pampa, la verdad es que nunca habíamos tenido una invasión tan grande de Cometierras en nuestros dominios.

Como estaba acordado, la compañía se encargó de traer a los jueces del partido desde la oficina Pedro de Valdivia, los que llegarían sólo minutos antes del encuentro. Quienes conocían al árbitro decían que se llamaba Fernando Mery, y que se trataba de un tipo peinetón, de pelo blanco y gestos grandilocuentes, y tan ostentoso en sus cobros referiles que hasta el sonido de su silbato le salía afectado.

Tras el agasajo de recibimiento en el Rancho Grande, a las autoridades se les ocurrió organizar un desfile a través de las calles, antes de partir a la cancha. Un tumultuoso desfile en donde, aparte de los dos equipos, con sus respectivos cuerpos técnicos y dirigentes, podría participar toda la gente que se quisiera unir a la formación. Entonces, para contrarrestar el gran número de hinchas llegados desde María Elena, nosotros convocamos de inmediato a todas las fuerzas vivas del campamento. De modo que en un dos por tres, vistiendo sus respectivos uniformes y disfraces, aparecieron los integrantes de los *boy-scouts*, los voluntarios de la compañía de bomberos, las mujeres de los centros de madres y los bailarines de las cofradías de la Virgen de la Tirana con sus bellos trajes multicolores. Las integrantes de la barra femenina eran un cuento aparte: comandadas por la Loca Maluenda, llegaron todas vestidas con blusas amarillas y minifaldas blancas, cantando, gritando y enarbolando cada una sus respectivos plumeritos de papel de volantín. Poco antes de las cuatro de la tarde, con la bandita de guerra de la escuela local presidiendo el desfile, salimos desde la calle Balmaceda, con una multitud enorme de gente siguiéndonos.

La selección visitante venía con todos sus titulares y, más encima, con seis jugadores de reservas. Era sólo cuestión de mirarles la cara, sobre todo a su entrenador, para saber que las intenciones que traían no eran de las más santas. En la expresión de cada uno se notaba una bronca viva. Los tipos, para hacer una metáfora acorde con los tiempos, llegaron dispuestos a matar, a incendiar, a pasarnos a cuchillo, a rematarnos con bayoneta calada. Les faltaba la pura tenida de combate a los cabrones.

Al que miraban con más bronca era al Fantasista, a quien habíamos tenido que reanimar a punta de cafés y vestirlo casi como a un finado. «Los Cometierra tienen que verlo en el desfile», gruñía don Agapito Sánchez, mientras le acomodaba el testículo gigante dentro del protector y luego le ponía el pantalón de fútbol. Y que en la cancha había que hacerles creer que lo dejábamos de tapadita, y que en cualquier momento podía entrar a jugar.

Tras recorrer por última vez nuestras calles de tierra a los sones de *Los viejos estandartes*, enfilamos hacia el campo de juego. Si la mitad del campamento se unió al emotivo desfile, la otra mitad nos esperaba ansiosa en la cancha. Nunca antes, hasta lo que alcanzaba a recordar nuestra memoria, habíamos visto tanto público repletando el perímetro de nuestro campo deportivo. Aparte de la barra de María Elena y de los ex coyinos que se quedaron al partido, y de toda la gente que se dejó caer desde las otras salitreras circundantes, habría que agregar que ese día se vio en la cancha a personas que nunca antes habían asistido a un partido de fútbol. Hasta los representantes de «los siete pecados capitales» se acercaron esa tarde por el reducto. Excepto, claro, el Gringo Boliviano, cuya soberbia, más grande y lastimosa que el coco herniado del Fantasista, le impedía compartir con el vulgo.

Algunas de las matronas más antiguas del campamento llevaron sus sillones favoritos y sus quitasoles japoneses y se instalaron a la vera de la cancha como si se tratara de un idílico día campestre. Y hasta se vio a más de una familia completa sentada en antiguos y vastos sofás de felpa, como posando para una foto digna de la posteridad, que lamentablemente a nadie se le ocurrió tomar. Varios enfermos se hicieron llevar por sus familiares y llegaron a la cancha arrastrados en improvisadas camillas, sillas de ruedas o carretillas de mano. Hay algunos que dicen que hasta el hermano Zacarías Ángel, Biblia en mano, se apersonó por la cancha a presenciar el partido, y que fue Cachimoco Farfán quien lo descubrió y lo gritó a todo hocico por su micrófono de tarro. Cuentan que el predicador, agazapado detrás del público para que no lo vieran los demás integrantes de su congregación —la que se hallaba en pleno en la cancha—, terminó hinchando a gritos por el equipo y despotricando como un energúmeno cuando el árbitro cobraba alguna falta inexistente en contra de los nuestros, o cuando el guardalíneas no levantaba la banderola para marcar una posición de adelanto que él había visto clarito. «¡Cómo no se va a dar cuenta ese filisteo, hijo de la Grandísima Bestia!».

Con la interpretación del Himno Nacional y los discursos previos, el partido comenzó con cuarenta minutos de retraso. Se desarrolló tal cual se esperaba: a toda leña y con jugadas a muerte. Nuestro capitán perdió con la moneda y ellos escogieron lado. Y partieron jugando a favor del viento. Querían asegurarse y comenzar al tiro haciéndonos papilla. Pero nosotros aguantamos con todo. Como la orden del día era masacrar al Pata de Diablo a la primera de cambio, los nuestros comenzaron a darle duro. Pero el mastodonte era un bruto. A cada golpe, a cada patada, a cada caballazo, respondía con dos golpes, con dos patadas, con dos caballazos, y sobre todo se desquitaba y le daba sin misericordia al Tuny Robledo, quien esa tarde, tocado aún por el sortilegio del amor, estaba jugando el mejor partido de su vida. «¡Este, señoras y señores, es el mejor partido que ha jugado en su vida el Tuny Robledo!», vociferaba Cachimoco Farfán. «¡Pero si su pierna derecha parece mano de ilusionista, miren cómo esconde la pelota, cómo la muestra, cómo la vuelve a esconder, y los Cometierra no saben qué crestas pasa, si parece arte de birlibirloque lo que hace con la esférica este cabrito!».

Y era la pura verdad lo que gritaba nuestro locutor, porque la pelota en los pies del Tuny Robledo aparecía y desaparecía como pañuelo de mago, y sus marcadores, emputecidos, se obnubilaban y le daban con un fierro. «¡Y tras esos pases mágicos, señores y señoras, los pobrecitos se quedan tirados como sillas de playa, se quedan en el suelo escarbándose con un palito la secreción cérea de las glándulas sebáceas de sus oídos malolientes; y es que esta tarde no hay quien pare al Tuny Robledo, y es que hoy amaneció resbaladizo como un peo líquido, amaneció más livianito que un merengue, y todo porque anoche, queridos auditores, pacientes que me escuchan, el mozalbete botó por fin el diente de leche, le vio el ojo a la papa, se desvirgó!».

El Choche Maravilla le había pasado el dato a Cachimoco Farfán sobre el desfloramiento de su amigo. Pero el cabrón se guardó muy bien de contarle lo que le ocurrió a él mismo con la gorda bizca. Eso lo supimos tiempo después. Tan ardiente le salió la cometierra, tan bestia gozadora y lujuriosa, que esa noche, en la cancha, lo mandó cortado dos veces antes de haber avanzado siquiera cinco metros desde el punto penal hasta la raya de gol; y en el tercer polvo, exigido a gritos y rasguños por la gorda cuaternaria, fue ella la que se montó sobre él y lo metió a la rastra dentro del arco.

El primer tiempo terminó igualado cero a cero. Durante el descanso nadie del público se movió de su sitio, y las barras se dedicaron los quince minutos a gritarse y a insultarse con entusiasmo de un sector a otro.

El segundo período empezó con la misma trama. Un juego de mete y ponga. Nosotros, ahora a favor del viento, jugándonos la vida por marcar un gol, y ellos reventándola y dándonos con todo. Sobre todo el Pata de Diablo, que, ocupándose muy poco de la pelota, la ponía sin asco por donde cayera. «Este energúmeno branquifacial, señores y señoras, es más peligroso que el tétano», gritaba furibundo Cachimoco Farfán. Como sucedía con la mayoría de los árbitros, el «Cabeza de Ajo» —como nuestra barra empezó a gritarle al juez pedrino— también sucumbió al miedo que infundía este hijo de King Kong, y comenzó a hacer la vista gorda a sus criminales fouls.

Cuando faltaban veinte minutos para el final, en un tiro de esquina a favor nuestro, el Crispeta Mundaca, que le tenía sangre en el ojo al Pata de Diablo, logró darle un planchazo tan seco que pensamos lo había quebrado en dos. Lo sacaron fuera de la cancha para atenderlo y su entrenador se acercó a preguntarle si lo reemplazaba. Él animal se negó rotundamente. Y tras un par de minutos reponiéndose, entró a la cancha bufando como toro furioso y dándole machete a todo lo que se moviera y se le cruzara por delante.

En un momento del partido, cuando ya se cumplía media hora del segundo tiempo —«y el trámite y el marcador no varía en absoluto, amables pacientes»—, la gente comenzó a pedir que entrara el Fantasista. Primero fueron unos gritos aislados y luego era toda la muchedumbre que colmaba la cancha la que coreaba su nombre con entusiasmo.

Expedito González, solitario a un costado de los camarines, aún sufriendo los estragos de la borrachera, no entendía muy bien lo que estaba ocurriendo. Con el número doce en la espalda, no dejaba de jugar con su pelota blanca, en una especie de relajado precalentamiento circense. «Pase lo que pase, tú no pares de hacer tus malabares», le había dicho Agapito Sánchez.

Luego de resistir todo lo que pudo al pedido de la gente (después supimos que hasta la barra de los Cometierra quería verlo jugar), el entrenador se acercó al Fantasista y le ordenó prepararse.

—¡En dos minutos entras! —le dijo perentorio.

Expedito González lo miró incrédulo. Sus ojos de orate relumbraron un brillo que nunca supimos si fue de emoción o de miedo.

La gente seguía gritando.

Entonces, mientras el Fantasista miraba hacia la cancha con la fascinación con que se mira hacia un abismo, apareció la Colorina con su maletita en la mano. Sin decirle nada, lo hizo sentar en el suelo y se puso a friccionarle las piernas con salicilato. Expedito González no hacía sino mirarla con ojos de perro agradecido. A nosotros, el gesto de la Colorina nos hizo recordar aquella inolvidable escena bíblica (vista en una película en tecnicolor y cinemascope) en que María Magdalena se arrodillaba piadosamente a lavarle los pies a Cristo. Y, entrando también al área sentimental, se nos humedecieron los ojos de emoción.

Al terminar de masajearlo, la Colorina, sin dejar de rumiar su chicle rosado, le secó el sudor de la cara, le acomodó el cintillo y le deseó buena suerte.

Él le pasó su pelota blanca.

—Cuídemela —le dijo.

Luego le preguntó al entrenador en qué puesto lo iba a poner.

—De haber estado aquí don Celestino Rojas —le respondió Agapito Sánchez—, seguro que hubiera dicho que Cristo juega de número nueve.

El Pata Pata, a su lado, lo increpó con rudeza. Que por qué cresta tenía que nombrar al viejo mufoso, que sólo por eso el partido se nos podía ir al mismo carajo.

—¡O nos puede ocurrir cualquier desgracia! —dijo agorero.

Las instrucciones para Expedito González fueron precisas: ocuparía el puesto del Tuny Robledo, o sea de nueve; éste se iría de número diez, y el Choro Contreras se cambiaría al puesto del Chiquitín, que sería el reemplazado. Le dijo que los demás ya estaban al tanto de que tenían que pasársela a la pura cabeza. Que una vez que la tuviera dominada, lo único que él debía hacer era irse ciegamente en pos del arco contrario.

—¡Tú te la pones en la cabeza y te vas como peo hacia el arco! —le dijo concluyente. Sus compañeros lo cubrirían en una especie de ruedo para que no lo bajaran.

Cuando Expedito González ingresó a la cancha —faltando trece minutos para el final—, el público estalló en una ovación estruendosa. Él, emocionado, levantaba los brazos saludando y agradeciendo mientras, en un raro trotecito corto, corría a ubicarse en su puesto.

En la primera pelota que le llegó de un rebote, el Fantasista trató de patearla, pero se peló escandalosamente. En verdad, carecía de la coordinación, del sentido de tiempo y distancia que se necesita para correr, llegar y patear una pelota como se debe. Nunca lo había hecho. El segundo pase lo recibió en el cuerpo cuando se hallaba a un costado del área grande. Ahí la paró con la rodilla la levantó a la cabeza y se fue con ella en dirección al arco. Pero antes de que los demás pudieran formarle el cerco, ya casi entrando al área, un defensa lateral lo volteó de un empujón y el árbitro se hizo el desentendido. En verdad, ver al Fantasista dentro de la cancha inspiraba lástima. Mientras la pelota andaba por otro lado, él se sentía como huérfano en medio de una pista de baile: no hallaba cómo pararse, no sabía dónde poner sus manos ni para qué lado echar a correr con su trotecito de burro asustado. La tercera pelota la tomó cuando faltaban tres minutos para el término del partido. En un saque lateral, el Indio Maravolí le gritó que se acercara y se la tiró directo a la cabeza. El Fantasista la amortiguó como si tuviera un cojín en la mollera, se dio media vuelta y las emprendió rumbo hacia el arco. Sólo algunos de sus compañeros alcanzaron a rodearlo antes de que el *wing* izquierdo de ellos le quitara la pelota con las manos. Mientras se preparaba el tiro libre, el Fantasista se acercó a la orilla y le dijo al entrenador que no se sentía cómodo con una pelota que no fuera la suya, ¿no se podía cambiar? Agapito Sánchez le mandó un clavo de cuatro pulgadas a Tarzán Tirado, con la orden de que apenas le llegara la pelota la reventara. Total, era la de los Cometierra.

Faltaba un minuto para el final del partido —más dos o tres de descuento, se suponía— cuando, en un contraataque por la punta derecha, le llegó la pelota a Tarzán Tirado. Como el disparo iba a media altura, lo atrapó con ambas manos «en una volada gerontofóbica, queridos oyentes». Mientras caía y se revolcaba histriónicamente con la pelota apañada contra su cuerpo, le metió el clavo de acero en el pituto. Luego se paró y llamó al árbitro.

—¡Se desinfló, señor!— le dijo, mostrando la pelota con su mejor cara de inocente.

Cuando el juez hizo una seña pidiendo que pasaran otro balón, sin mayor demora le tiramos el de Expedito González.

Con la pelota en una mano, mientras aleonaba a los suyos para que se adelantaran, nuestro arquero dio los tres botes reglamentarios, llegó hasta la raya del área grande, dio un aullido a lo Tarzán y sacó con un potente tiro elevado. Todos en la cancha vimos con ojos atónitos cómo la pelota, recortada contra el azul esplendoroso del cielo, blanca como una paloma, ayudada por el viento, cruzaba el espacio en una parábola perfecta buscando el lugar preciso en donde se encontraba Expedito González. Tal si fuera la paloma del Espíritu Santo, como contaría después el hermano Zacarías Ángel, la pelota comenzó a descender desde las alturas como en cámara lenta, como si buscara dar exactamente con la humanidad del Fantasista, quien, al otro extremo de la cancha, parado a dos metros del área grande, la anidó en su pecho con una suavidad casi espiritual, «¡catatónica la parada de pecho de este coprolito negro!», luego la alzó a la cabeza con la rodilla, dio la media vuelta y, en medio del apoteósico rugir de la gente, se fue con ella en pos del arco, rodeado por sus compañeros que a codazos y patadas lo defendían de los que trataban de bajarlo. Y cuando, en medio del clamor de la muchedumbre, con la pelota soldada a la cabeza, ya había ingresado al área y encaraba directo al gol, el Pata de Diablo cortó el cordón de seguridad y, en el mismísimo punto penal, a mansalva, con una saña acumulada de años, le mandó un puntapié a la entrepierna que nos encogió de dolor a todos, un terrible puntete que le dio justo en el testículo herniado. («La güevada sonó como si hubiese pateado una pelota rellena de gelatina», contaba después el Pata de Diablo, ufanándose de su proeza, en las cantinas y ranchos de María Elena).

Expedito González cayó al suelo como fulminado por un rayo (no hay otra frase que lo designe mejor). Aunque el árbitro hizo sonar el silbato con gran aspaviento y ordenó de inmediato la pena máxima, no por eso nuestros muchachos dejaron de irse con todo a cobrársela al hijo de puta. Y la trifulca de patadas, puñetes y escupitajos que se armó entre los jugadores fue descomunal. Mientras el juez del partido, acompañado de sus guardalíneas, más el batallón completo de carabineros, trataba de parar la fenomenal camorra, las enardecidas integrantes de la barra femenina, acaudilladas por la Loca Maluenda, ingresaron también a la cancha repartiendo arañazos y plumerazos, azuzadas por el público local que las aplaudía y las carboneaba con gran jolgorio.

Mientras tanto, Agapito Sánchez había hecho entrar a la cancha al practicante y entre ambos asistían al Fantasista y le preguntaban cómo se llamaba, dónde estaba y cuántos años tenía. Tendido de espaldas en el suelo, éste no respondía nada. Todo lo que hacía era mirar al cielo con sus ojos abiertos hasta la desmesura. Parecía en estado de coma. Urgido, el practicante comenzó a hacerle masaje cardíaco y respiración boca a boca. Cuando Expedito González al fin reaccionó, con una voz que no parecía la suya —ya no sonaba ronca como sirena de barco, sino extrañamente aflautada—, preguntó si habían cobrado el penal. Al responderle el entrenador que sí, que estaba cobrado, que no se preocupara, sonrió apenas y dijo que si los parientitos habían oído cómo la gente lo ovacionaba mientras iba corriendo con la pelota en la cabeza. «¿Oyeron cómo aclamaban mi nombre?», fueron sus últimas palabras. Después, su corazón dejó de latir y el brillo de orate de sus ojos de pájaro se apagó para siempre.

Habíamos matado al Mesías de una patada en las verijas.

Cuando el Fantasista expiró en sus brazos, don Agapito Sánchez, impotente, con los dientes apretados, primero rezó un padre nuestro y luego despotricó por lo bajo:

—¡Por la poronga del mono y la concha de la lora pelada!

Enseguida miró al practicante y, cambiando súbitamente de expresión —como si el brillo insano de los ojos del Fantasista hubiese saltado a los suyos—, le dijo que había que morir pollo, socito, que aquí no había pasado nada.

—¡Cómo que no ha pasado nada! —susurró el practicante, asustado—. ¡Si este hombre acaba de morir!

—Sí, pero no hay que decirlo todavía.

Si daban a conocer que el jugador había muerto, comenzó a persuadirlo el entrenador, el árbitro iba a suspender el partido. O los cabrones de los Cometierra se aprovecharían de las circunstancias para retirarse y que no se pateara el penal. Y eso él no lo iba a permitir por nada del mundo. Había que mantener vivo al Fantasista hasta que se ejecutara el cobro, y punto.

—Pero el hombre ya está muerto —dijo el practicante, con la pera temblorosa.

—¡Pero nadie lo sabe, carajo!

—Pero se van a dar cuenta enseguida.

—Ayúdeme a sacarlo fuera de la cancha, y no deje acercarse a nadie. Si alguien pregunta diga que el jugador perdió el conocimiento.

Antes de salir con el Fantasista en vilo (el practicante agarrándolo de las axilas y el entrenador por los pies), Agapito Sánchez, más por disimular que todo estaba bien, le ordenó a gritos al Tuny Robledo que se hiciera cargo del penal.

—¡Como no está el Chambeco, lo pateas tú! —recalcó con voz autoritaria.

El Tuny Robledo asintió levantando el pulgar.

Los funerales de Expedito González se realizaron al día siguiente a las cinco de la tarde. A ellos asistió casi tanta gente como al partido. Con la banda de guerra de la escuela entonando himnos y marchas fúnebres, acompañaron el féretro todas las fuerzas vivas del campamento y cada uno de los clubes de la Asociación Deportiva, con sus respectivos uniformes, sus mascotas y sus estandartes.

Como un último gesto de homenaje, sus restos fueron sepultados lo más cerca que se pudo del mausoleo de Manuel «Lito» Contreras.

La Colorina, o la Malanoche, ya nos daba lo mismo, lo lloró sinceramente. Al otro día, antes de partir a Tocopilla acompañada por el California, la mujer nos contó algunos pormenores de su tragedia personal: se había ido desde Tocopilla al sur siguiendo a un púgil de mala muerte del que se había «encamotado de pura tonta», y en la ciudad de Quillota, en una de las tantas zurras que éste le propinaba a diario, le dio un *uppercut* en la sien que le produjo la amnesia.

La pelota blanca del Fantasista, que por derecho propio le pertenecía a ella, nos la dejó para que la conserváramos como recuerdo. «La exhibiremos como trofeo en la Asociación de Fútbol», dijo don Celestino Rojas.

El diagnóstico de la muerte del Fantasista, según el médico que vino desde María Elena, fue «ahorcamiento inguinal», el mismo diagnóstico que nuestro locutor —según contaban después los que se hallaban cerca y pudieron oírlo— hizo en su relato, mientras narraba los momentos previos al tiro de los doce pasos. Tiro que sería pateado por el Tuny Robledo, en una jugada que no sólo era la más importante de su vida, y, por supuesto, de la vida de todos nosotros, sino que era la jugada más trascendental en la historia deportiva de esa pequeña oficina salitrera llamada Coya Sur. Tanta era la expectación que se vivía en esos momentos, que todo el mundo corrió en tropel a instalarse detrás del arco para ver la ejecución más de cerca y no perder un solo detalle. Porque tal como sabíamos que este era el primer tiro penal de nuestro joven centrodelantero, no ignorábamos que el guardameta de los Cometierra era famoso por atajar penales imposibles, tanto así que por su increíble talento de adivinar siempre a qué lado iba el balón, lo apodaban «El Adivino Zamora».

El espectáculo que hacía toda esa muchedumbre frenética detrás del arco era formidable. Daba la impresión, contaba después el Tuny Robledo, que al patear el penal debía batir no sólo al guardavallas, sino a todo ese montón de personas, «¡a toda esa microbiada de gente que grita y gesticula reunida detrás del arco, señora, señor, amontonada a todo lo ancho del fondo de la cancha y casi traspasando la raya!», gritaba a los cuatro vientos Cachimoco Farfán, que casi pierde la voz en la transmisión del partido y, sobre todo, en la locución de este último lance; enardecida locución que, según la creencia popular, aún se oye en las tardes de viento en el sitio eriazo en que se convirtió nuestro campo de juego, y todo el perímetro en donde alguna vez se alzó el campamento. Porque estaba profetizado por el hermano Zacarías Ángel que Coya Sur no iba a transformarse en otro pueblo fantasma, como los tantos diseminados a través del desierto, sino que además de ser abandonado, desmantelado y desbaratado, sería borrado para siempre de los mapas geográficos y políticos de la República de Chile. Como al final se hizo. No dejaron piedra sobre piedra, recuerdo sobre recuerdo, arrasaron incluso con los algarrobos y pimientos de la Plaza Redonda. Se ensañaron hasta no dejar ninguna huella de la vida que allí hubo, ningún rastro de los amores que se vivieron, ningún vestigio ni sedimento de las penas y las alegrías de sus habitantes. Hoy sólo el viento recorre aullando el sitio geológico en donde alguna vez estuvieron las casas (el viento y las ánimas de los cuatro electricistas del campamento buscando las puertas batientes del Rancho Huachipato para apagar su sed ecuménica); sólo el viento y los remolinos lamen las piedras y peinan el terreno árido de la cancha de fútbol donde, todavía, con un poco de cálculo e imaginación se puede adivinar el rayado del rectángulo, el círculo central y las áreas grandes y chicas. Y si se tiene un poco de suerte y más o menos se sabe de qué se está hablando, es posible ubicar el lugar exacto donde estuvo marcado el punto penal del arco oeste. Porque aunque haya pasado el tiempo inexorable, aunque hayan pasado los años unos tras otros, lentos y fatales, todavía esa marca no deja de blanquear bajo el sol del desierto, gracias a que cada primero de noviembre los peregrinos que vienen al cementerio suelen buscarlo para fotografiarse acuclillados alrededor de él, junto a sus nietos y bisnietos, y después, emocionados hasta las lágrimas, proceden a recalcarlo con ceremoniales puñados de salitre o de cal (las mujeres derraman sus polveras) para que la memoria del tiempo no olvide jamás el sitio en donde una lejana tarde de domingo cayó muerto el Fantasista de la pelota blanca, el lugar preciso donde se pateó el último penal del último partido jugado antes del advenimiento del fin del mundo, penal relatado a todo pulmón por el inefable Cachimoco Farfán, quien, con su micrófono de tarro agarrado a dos manos, atragantándose, babeándose entero, con las venas del cuello a punto de reventar, vociferaba, aullaba, bramaba y ululaba a los cuatro vientos:

¡Ahí está, señores y señoras, amables pacientes, ahí está, parado frente a la pelota este joven baluarte del balompié coyino. Cuando ya se han calmado los ánimos de los jugadores, cuando el Fantasista, nuestro héroe de la jornada, ha sido sacado fuera de la cancha para atenderlo de lo que seguramente es un ahorcamiento inguinal (yo sé lo que les digo, amables oyentes), cuando el hombre de negro se prepara a dar

la orden de ejecución, el Tuny Robledo parado fren-
te a la de cuero con todo el desparpajo del mundo, es-
tudia el lado donde poner el cañonazo. Toda la can-
cha está pendiente de su pie derecho, todos los coyinos
que corrieron a ponerse detrás del arco para ver me-
jor el gol y jorobar al arquero, están con los dedos
cruzados; vamos, Tuny, le gritan, fusílalo, y el Tuny
Robledo retrocede para tomar impulso, retrocede
apenas tres pasos, amables oyentes, sólo tres pasos;
ahora el árbitro mira al arquero, lo mira a él, levan-
ta la mano y hace sonar su silbato; el Tuny Robledo
camina hacia la pelota, el arquero se encoge como un
batracio, en el aire no vuela una mosca, el universo
entero se ha detenido, el Tuny Robledo llega al
balón, patea y... gooool, gooooool, goool de Coya
Surrrrr, gol del Tuny Robledo. Yo les voy a contar,
señoras y señores, mientras la gente invade el terreno
de juego y, completamente en delirio, levanta en an-
das al goleador, yo les voy a contar cómo este cabrito
caminó hasta la pelota con la misma pachorra con
que camina por la calle Balmaceda y le dio con el
borde interno de su pie derecho, le dio con tal efecto
que mandó al Adivino a comprar Mentholato al pa-
lo derecho y la pelota se incrustó justo en el ángulo
del vertical izquierdo, justo allí donde no hay teléfo-
no, allí donde penan las ánimas, allí donde «hoy no
se fía, mañana sí», por allí mismito entró, pasó, se
encajó la pelota y se convirtió este gol maravilloso, es-
te gol electroencefalogramático, este gol que quedará
en los anales de la historia del fútbol coyino, porque
este gol es el gol del triunfo, señoras y señores, el gol
del triunfo, amables pacientes, el gol con que por fin
les ganamos a los Cometierra, por las trompas de Fa-
llopio, déjenme gritarlo fuerte, que se escuche en todo

el ámbito de la pampa, déjenme gritarlo con el alma, con el corazón, con los cojones, déjenme gritarlo hasta enronquecer, hasta orinarme, amables radioescuchas; sí, hasta orinarme en los pantalones, hasta que la orina me salga con olor a jarabe de arce, orina con olor a jarabe de arce: la orina con olor a jarabe de arce es una enfermedad metabólica producida por un déficit en las enzimas que metabolizan los aminoácidos ramificados leucina, isoleucina y valina, y si la enfermedad no se trata adecuadamente, la acumulación de estos tres aminoácidos conduce a una encefalopatía y neurodegeneración progresivas que...!

Este libro se terminó de imprimir
en el mes de julio de 2006,
en los talleres de C y C Impresores Ltda.,
ubicados en San francisco 1434,
Santiago de Chile.